가볍게 안는다

“

일러두기
저자 고유의 글맛을 살리기 위해 표기와 맞춤법은 원문을 따릅니다.

가볍게 안는다

심현보
지음

민음

PROLOGUE

안녕, 나의 나

늘 무언가를 좋아했다.

음악일 때도 있었고 영화일 때도 있었고 그래, 언제나 사람은 있었지. 책이거나 도시이거나 동물이거나 혹은 우주이거나, 하물며 동네 골목의 술집까지도. 아무튼 보고 듣고 읽고 만나고 맛보고 만져지는 것들 중 무엇이라도 나는 좋아했다. 좋아할 수 있는 것이라면 정성껏 좋아했고, 어쩌면 그렇게 좋아하는 것들이 하나 둘 모이고 모여 지금의 나를 만들어준 것일지도 모르겠다. 늘 그렇듯 누군가에게는 별것 아니고 누군가에게는 별것인, 그런 것들.

계절이 계절로 치환되는
그 미묘한 찰나의 변화들을 좋아했고
심야 라디오 DJ의 마른 호흡과 호흡 사이
그 짧은 고요를 좋아했고
누구도 즐겨 앉지 않는 동네 놀이터 벤치에서 듣는
몇 곡의 노래를 좋아했고
고단했던 밤 몇 시간이고 올려다보는 까만 하늘
그 안에서 반짝이는 별들의 막막한 신비로움을 좋아했다.

그런지도 모른다.

어쩌면 사람은 무언가를 좋아하기 위해 태어나는 건지도 모른다. 싱거운 생각이지만 여전히 나는 그게 맞을지도 모른다고 생각한다.
그런지도 모른다.

그러니까 말하자면 '나'에 대한 얘기를 조금 해보려 한다. 어디로 향할지 알 수 없는 이 막연한 글의 시작으로는 역시나 어디로 향하고 있는지 알 수 없는 '나'라는 사람에 대한 얘기가 가장 적당할지도 모르겠다.
어떻게 살아가야 한다거나 그럴 땐 이렇게 대처하는 게 좋다거나 하는 현실적인 조언이나 충고 같은 것들은 재능도 없고 자격도 없을 테니 그냥 건너뛰고, 다소 모호하고 쓸모없을지 모르더라도 내가 아끼고 마음 쓰고 소중하다고 여기는 것에 대한 얘기들을 해보려 한다.

형태가 있는 것들보다는 형태가 없는 것들에 대한,
순간순간 자꾸만 변해버려서
갈피를 잡을 수 없는 것들에 대한,
이미 이룬 것들보다는 아직도 간절히 원하는 것들에 대한,
대단하고 비범한 삶보다는

고만고만하고 뻔한 일상에 대한,
어느 쪽에도 속하지 못한 채 경계에 서 있는 것들에 대한,
그때는 있었지만
지금은 곁에서 사라진 많은 것들에 대한,
좋아하고 사랑하고 그래서 그리워하고
어쩔 수 없이 끌리는 것들에 대한.

그런 것들이 모여 나를 생성한다고 믿는다. 가늠하기 어려운 시간 동안 먼지와 가스 같은 것들이 모이고 모여 반짝이는 별을 생성했다는 얘기처럼 내가 아끼고 마음 쓰고 소중히 여기는 것들이 매 순간 모이고 모여 나를 생성한다고 믿는다.
우리는 모두 별이니까.

그래서 이 글은 아마도 '나의 나'에 대한 얘기가 될 듯하다. 누구의 나도 아닌 온전한 '나의 나'에 대한 얘기.
늘 휘둘리고 휘청이고 언제나 연약하고 불완전하지만 한 번도 나의 중심이 아니었던 적 없는 '나의 나'를 생각해본다. 먼지 같은 것들을 끌어모아 어떻게든 별이 되어보려 애쓰고 애써 온, 그래서 기특하고 조금은 안쓰러운 '나의 나'를 생각해본다.
결국 살아가는 일이 기꺼이 무언가를 좋아하는 일들의 연속

이라면 누구보다 가장 먼저 '나의 나'를 좋아해보기로 한다. 내가 좋아하는 것들의 앞자리 어딘가에 이제 '나'를 놓아보기로 한다.

'안녕, 나의 나.'

결국 '나의 나'에 대한 얘기들은 '당신의 당신'에 대한 얘기가 될지도 모른다. 내가 좋아하는 것들을 당신도 모두 좋아할 리야 없겠지만 어쩌면 몇 개쯤은 비슷할지도 모르니까. 내가 '나의 나'를 가만히 생각해보는 동안 당신도 '당신의 당신'을 조용히 생각해볼 수 있을지 모르니까.
결국 우리는 무언가를 좋아하게 되어 있고, 이제 그것들의 제일 앞에 스스로를 놓아보기로 했으니까. 내가 나를 충분히 좋아해야 타인도 나를 좋아해줄 가능성이 높아지는 거니까. 좋아한다는 건 소중하다는 거고 소중한 게 늘어간다는 건 우리가 조금씩이라도 행복에 가까워지고 있다는 거니까.

먼지가 모여 별이 되듯
우리도 반짝이는 무언가가 될 수 있다는 거니까.

그래, 그거면 되니까.

우리는 모두 별이니까.

CONTENTS

II 그럴 때마다 나는

시간의 성분

마음의 시력

III 알맞게 낡아준 소파 같은 사람

사람의 온도

추억의 용도

IV 좋아하는 걸 좋아해

I

가볍게 안는다

행복의 밀도

•

어쩌면

행복이라는 건

부피보다 밀도라는 생각이 든다.

자, 당신과 내 앞에 놓인

오늘의 씨실과 날실들.

사소하고 작더라도

촘촘하고

조밀하게.

가볍게 안는다

가볍게 안는다.

이렇게 가볍게 당신을 안아보는 것.

그보다 따뜻해지는 방법을 나는 모른다.

그보다 안도하는 방법을 나는 아직 모른다.

당신을 가볍게 안은 채 들이마시는 짧은 한 호흡 분량의 공기 속에 내가 아는 사랑의 모든 원소들이 존재한다. 어쩌면 이 우주의 모든 화학과 물리조차도 그 안에 있는지 모른다. 가볍게 당신을 안고 있는 동안 나는 당신의 성분 하나하나를 느끼고 당신의 법칙 하나하나를 깨우친다. 그러니 당신의 머리와 어깨와 목덜미 사이 어느 즈음에 얕게 얼굴을 묻고, 당신의 등과 허리 사이 어느 즈음에 느슨하게 양팔을 감싸고, 이렇게 가볍게 당신을 안아보는 일이 내겐 사랑의 전부다.

당신의 냄새와 당신의 촉감,
당신의 온도와 당신의 심장 소리.
있는 그대로의 당신을 있는 그대로 잠시 느껴보는 일.
가볍게 안는다. 당신을 가볍게 안는다.
그 이상의 사랑을 나는 아직 모른다.

내가 생각하는 사랑은 그런 것이다.
당신을 가볍게 안는 것.
그리고 내가 생각하는 삶이란 것도 그런 것이다.
당신을 안을 때처럼, 사랑하는 모든 것들을 가볍게 안는 것.

자질구레한 것들을 좋아한다. 별반 다를 것 없는 평범한 일상 속에서 느껴지는 미세한 변화들. 그 미묘한 찰나들을 느끼는 일을 좋아한다. 사소하고 사사롭고 너무도 소소해서 그냥 스쳐 지나쳐도 삶에 아무런 영향도 미치지 않을 그 연약한 순간들을 관찰하고 기억하는 일을 나는 좋아한다.

예를 들면 여느 때와 같은 아침, 커피를 내리는 당신의 뒷모습을 바라보다가 당신과 지구 사이의 무게축이 오른쪽 다리에서 왼쪽 다리로 조용히 옮겨가는 순간이라든가, '세탁'을 외치며 아파트 단지를 천천히 도는 세탁소 아저씨의 목소리가 어쩐지 조금 더 활기차게 느껴지는 순간. 자동 세차기를 통과하고 나왔을 때 차창 밖으로 보이는 세상이 왠지 조금 달라진 것 같다고 느끼는 순간. 2월과 3월 사이, 아직은 차가운 공기 속에서 한순간 봄을 담은 게 분명한 바람 한 줄이 귓가를 타고 감쪽같이 사라지는 순간 같은 것들.
사소한 것들은 중요함을 강요하지 않아서 좋다. 존재감을 강요하지 않아 중요한 것들. 힘주고 애쓰고 티내지 않지만 분명하게 존재해주는 것들. 저 스스로 중요하다고 목소리를 높이는 것들이 너무 많은 세상에서 그렇게 사소하지만 분명하게 존재하는 것들이 내게 위로가 된다.

이를테면 좋아하는 뮤지션의 앨범 8번 트랙 같은 것들.

누군가에게는 큰 의미가 없지만 누군가에게는 무척이나 애착이 가고 중요한 것들. 그런 자질구레한 것들을 들여다보고 생각하고 적어보고 기억해보는 일들이 나는 좋다.

눈 뜨자마자 떠오른 생각.

하루 동안 가장 인상적이었던 장면.

오늘 처음으로 듣게 된 음악과

오늘 처음으로 만난 단어.

오늘 새삼 알게 된 누군가의 표정과

햇살의 농도

커피의 맛

바람의 방향

그리고 매일 조금씩 미세하게 다 른

그 날 그 날 의 당 신 .

각각의 매일을 구성하는 다양한 요소들을 떠오르는 대로 생각해보고 어떤 건 적어두거나 어떤 건 그냥 흘려보낸다. 그게 내가 하루를 살아가는 간단한 방식이다. 매일 다 같은 하루 같지만 어떤 하루는 어제의 끝에 매달린 채로 그대로 이어져 진행되고, 어떤 하루는 지금까지의 모든 하루들과 분명한 경계를 이루며 구분되고 구별된다.

기억하지 못한다 해도 그것들은 내 안 어딘가에 들어왔다가 사라지는 것들. 몸에든 머리에든 마음에든 생각에든 어딘가에 존재했다가 사라지는 건 애초에 없던 것과는 다르니까. 흔적만 남았더라도 그것들은 내 안에 담겨 있었던 것들이니까. 흔적은 중요하니까. 나는 그 사소한 순간의 기억들이 삶을 꺼지지 않게 하는 밑불 같은 것들이라고 믿는다.

사소한 순간과
소소한 기억
사사로운 찰나들과
자질구레한 일들
내가 사랑하는 이 모든 것들을 가볍게 안는다.

너무 움켜쥐려 하지 않고
그렇다고 아주 놓아버리지도 말고
있는 그대로
가볍게 안는다.
당신을 안을 때처럼, 그렇게 가 볍 게 안 는 다 .

가만히 앉아 있기

몇 해 전, 봄과 여름 내내 나는 놀았다. 아무것도 할 게 없었고, 아무것도 할 수 없어서였다. 진행하던 라디오 프로그램과 몇 개의 방송들은 모두 그만두었고, 새 앨범과 새 음악의 행방은 묘연했으며, 간간이 했던 공연의 끝은 무언가 알 수 없는 후유증을 남긴 듯했다. 짧은 여행에서 돌아온 상태였고, 다시 떠날 기운은 없었다.

그 무렵, 곡을 만들고 가사를 쓰는 일이 마치 처음 해보는 일처럼 서먹해지기도 했었다. 10년을 넘게 매일을 해온 일이 어느 날 느닷없이 낯설게 느껴지는 기분. 그건 오랫동안 알고 지낸 누군가의 얼굴이 어느 날 난생처음 보는 사람의 얼굴처럼 느껴질 때의 생경함과 닮아 있을 것이다. 늘 드나드는 익숙한 집 앞 골목길에서 문득 길을 잃어버린 난감함과 다르지 않을 것이다.

그런 갑작스런 당혹감 앞에 내가 찾아낸 해결책은 '가만히 앉아 있기'였다. 터덜터덜 걸어 나간 집 근처 공원에서 커피와 샌드위치로 늦은 점심을 때우고, 나는 몇 시간이고 몇 시간이고 가만히 앉아 있곤 했다.

가끔씩 바람이 지나가고,
가끔씩 시간이 지나가고,
가끔씩은 사람이 지나갔다.

지나가던 사람들 중 몇몇은 왠지 측은한 눈빛으로 나를 훑어 보았던 것도 같다. 아마도 하는 일이 없는, 애잔한 잉여의 인간쯤으로 보였나 보다. 평일 오후의 동네 공원인 데다가 목격의 횟수가 빈번했을 테니 그것도 무리는 아닌 일. 그럼에도 불구하고 혼자 앉아 있는 집 앞 공원은 꽤나 평화로웠다.

나는 '가만히 앉아 있기'를 좋아한다. 생각하기에 따라 뭔가 수동적이고 게으르게 산다는 얘기처럼 들릴지도 모르지만, 꼭 그런 것만은 아니다. 어쩌면 가만히 앉아 있는다는 건 생각보다 어렵고 생각보다 집중력을 요하는 일일지도 모른다.
10분만 가만히 앉아 있어 본다면 다들 느낄 것이다. 그게 왜 어려운지. 스마트폰으로 뉴스와 검색어를 살피고, SNS로 나의 안부를 알리고, 커피를 홀짝이고, 기지개를 켜고, 목 근육을 풀고, 허리를 펴고, 손가락 마디를 꺾는 습관적인 무언가를 단 10분만 끊는 것도 참으로 쉽지 않다.

가만히 앉아 있는다는 건 그런 것이다.
원래 하던 것들을 멈추어보는 것.
움직임과 들썩임의 속도를 0에 가깝게 낮춰보는 것.
그리고 스스로의 호흡에 귀 기울여보는 것.

·
·

내가 생각하는 '가만히 앉아 있기'란 모든 능동적이고 대단한 일들의 직전 단계다.
일어서기 직전이고, 뛰기 직전이며, 날아오르기 직전이다.
가만히 앉아 있어 봐야 다음 단계를 잘 준비할 수 있다는 뜻이기도 하다.

하지만 우리의 세계는 점점 더 빨라지고, 가만히 있기도 그저 앉아 있기도 그리 수월한 일은 아닐 때가 많다. 끝을 모르고 빨라지는 세상 속에서 나만 뒤처지는 게 아닌가 싶을 때, 우리는 불안해진다. 쉼 없이 분주한 사람들 속에서 나만 가만히 있는 게 아닌가 싶을 때, 나만 주저앉아 있는 게 아닌가 싶을 때, 우리는 두려워진다. 그래서 우리는 가만히 앉아 있기 어려운 것이다.

날 수 있을 때 날아야 하고 날고 싶을 때 날아야 한다.
그러자면 가만히 하늘을 올려다보는 시간도 필요한 것이다.
무언가에 떠밀리듯 출발한 비행은 불안할 수밖에 없다.

어쩌면 우리는 스스로를 들여다보는 데 시간을 쓰는 대신, 스스로를 세상 속으로 밀어 넣는 일에만 열중하고 있는지 모른다. 나와 나의 세계가 어떻게 생겼는지, 또 어떻게 다른지도 모르면서 세상이라는 커다란 퍼즐에 자꾸만 자신의 한 조각을 끼워 맞춰보는 것이다. 하지만 퍼즐은 그런 식으로 완성되어질 리 없다. 그러니 잠시만 가만히 있어 보자. 잠시만 가만히 두어 보자. 가만히 자신의 호흡에 집중해보자.

몇 해 전, 나는 두 계절을 가만히 앉아 있었다. 생각해보면 나의 삶 전체에서 두 계절쯤이야 어떨까 싶다. 가만히 앉아 있던 두 계절 덕분에 나는 어쩌면 앞으로의 수많은 계절을 일어서고 싶고, 달리고 싶고, 날고 싶어졌는지도 모른다. 그렇게 가만히 앉은 채로 나는 잠시 생각한다. 어쩌면 아무 생각도 하지 않는 연습을 하는 건지도 모르겠다. 가만히 있는 그 시간은 내게 간절히 원하는 무언가를 일깨우고, 그저 앉아 있는 그 시간은 힘껏 버티어 일어서고픈 나를 다시금 깨닫게 한다.

다시 한 번 말하지만,
'가만히 앉아 있기'란 모든 일의 직전 단계이다.
모든 굉장한 일의 직전 단계이고,

모든 근사하고 대단한 일의 직전 단계이다.
가만히 앉아 있어 봐야, 스스로가 보인다.

그러니 당신도 두려워하지 말길. 지금 가만히 앉아 있다고 해서 언제까지나 그런 것은 아니니 말이다. 그리고 당신도 조금은 조심해주길. 지금 가만히 앉아 있는 누군가를 그렇듯 측은한 눈으로만 바라볼 일은 아니니 말이다.

나는 '가만히 앉아 있기'를 좋아한다.
좋아하는 몇 곡의 음악과
좋아하는 몇 그루의 나무가 있는 집 근처 공원 벤치에서
바람의 손길을 느끼고 햇살의 변화를 맛보며
가만히 앉아 있는 그 얼마간의 시간을 사랑한다.

숨 쉬는 걸 까먹는 증상

어지러웠다. 이상스럽게.

자다 일어나서 물을 마시러 간 냉장고 앞에서도 그랬고 엘리베이터에서 내릴 때나 계단을 오르다가도 문득문득 휘청이듯 어지러웠다. 가벼운 어지럼증이었지만 좀 잦았다.

이래저래 신경 쓸 일이 많았고 이래저래 속상할 일도 좀 있던 시기였다. 새 작업실의 천장이 얼어 터져 물이 폭포처럼 쏟아져 내려온 겨울이었고 건물 주인의 느려터진 대응은 얼어 터진 수도관만큼이나 짜증스러웠다. 작업하기로 했던 두어 곡의 가사와 멜로디가 거절당했으며 평소보다 그 사실에 조금 더 과민하게 반응했다. 왠지 고갈되어버리고 바닥이 드러나게 말라버린 듯한 마음과 머리는 그 겨울 내내 나를 불안하고 힘겹게 했다.

병원을 찾았다. 이름마저 생경한 '신경과'.
담당 의사와 증상에 대한 대화를 나누고 나서 몇 가지의 검사를 하고 MRI를 찍는 순서로 진료가 이어졌다. 다행스럽게도 검사 결과 큰 이상은 없다는 말과 함께 어지럼증의 원인에 대한 의사의 소견을 들었다. 담당 의사가 얘기한 어지럼증의 원인은 다소 의외였다. 단기간에 집중된 스트레스가 하나의 원인이고, 또 하나의 원인은 산소 부족 때문인 듯하다고 했다.
'산소 부족?'
무언가에 몰입하거나 과도하게 집중을 하거나 긴장감이 심하면 숨 쉬는 걸 잊어버리는 증상이 있는 것 같다는 담당 의사의 설명. 수면 무호흡증 같은 것과는 다른 종류라고 했다. 말 그대로 숨 쉬는 걸 까먹는 거라고.

"숨 쉬는 걸 까먹는다고요?"

가만히 생각해보니 그런 것도 같았다. 의식하지 못했을 뿐 나는 때때로 숨 쉬는 걸 까먹곤 했다. 무언가 골똘히 생각하거나 고민할 땐 잠깐씩 숨을 안 쉬는 이상스런 버릇.

녹음 엔지니어도 테니스 코치도 자주 했던 말이었다. 무의식 중에 자주 숨을 안 쉬는 것 같다는.

심각한 정도는 아니지만 그래도 앞으로는 좀 더 신경 쓰며 생활하라는 의사의 얘기와 한동안 먹을 몇 가지의 약을 처방받고 병원을 나서며 어쩐지 나는 조금 울적해졌다.

때때로 숨 쉬는 걸 잊어버릴 만큼 그렇게까지 악다물고 살았던 걸까? 숨소리조차 방해가 될 만큼 그렇게 열중해야 하는 순간들이 있었던 걸까?

쥔 걸 놓치지 않으려고

잠시라도 방심하지 않으려고

혹시라도 뒤처지지 않을까 불안해서

나는 아마도 가끔씩 숨 쉬는 걸 잊을 만큼 긴장하고 몰입했었는지도 모르겠다.

어쩌면 다들 그런지도 모를 일이다. 의식하지 못할 뿐.
다들 나처럼 가끔씩 숨을 참고,
숨을 죽이고, 안 쉬고, 못 쉬고 지내는지도 모를 일이다.
그러다 어느 날 문득 감당할 수 없이 어지럽고
터무니없이 지쳐버리는지도 모를 일이다.

한동안 약도 잘 챙겨 먹고 맘 편히 지내려 애썼더니 어지럼증은 어느 순간 사라졌다. 얼어 터져 물난리가 났던 작업실은 느리고 더뎠지만 원래 모습을 조금씩 되찾아갔고, 거절당했던 가사와 멜로디는 새 주인을 만나 녹음되고 노래가 되었다.
고갈되고 말라버린 듯했던 마음과 머리는 긴 겨울이 끝나고 나니 이내 조금씩 물기가 돌고 싱그러워졌다.
너무 안달하지 않아도 다 괜찮았다.

요즘도 긴장되는 상황이나 몰입해야 할 순간에는 의식적으로 심호흡을 한다.
길고 느리게 규칙적으로 숨을 쉬면,
천 천 히 나 아 진 다 .

숨 쉬는 건 잊어버리면 안 되는 일이다. 그것보다 중요한 일은 없다. 잠깐이라도 다른 일들의 뒤로 제쳐둘 수 있는 후순위의 일이 아니다. 더 잘 살겠다는 생각으로 바쁘게만 살다 보면, 눈에 보이고 손에 잡히는 무언가에 집착하고 열중하느라 놓쳐버리는 일들이 많다. 스스로의 행복도, 사랑하는 사람과의 시간도 숨 쉬는 일만큼이나 소중하다.
어쩌면 더 잘 살기 위해선 새로 더 가지는 것보다 지금 손에 있는 무언가를 조금 느슨하게 쥐는 게 더 중요할지 모른다. 온몸의 힘을 빼고 천천히 느리게 호흡하는 연습에 더 많은 시간을 할애해야 하는지 모른다.

다 괜찮다.

울 때가 되었기 때문이다

'이게 그렇게 울 만한 드라마였나?'
막상 실컷 울고 나서 화장실 거울을 들여다보면 혼자 머쓱할 때가 가끔 있다.
눈은 부었고 조금 황당스럽지만 뭐 어찌 되었건 분명한 건 속은 후련하다는 것.

당신이 오늘 극장에서 영화를 보다가 남몰래 숨죽여 훌쩍거렸다면,
늦은 밤 캄캄한 거실에서 혼자 드라마에 몰입하다가 눈이 퉁퉁 붓도록 엉엉 울어버렸다면,
퇴근길 지하철 안에서 이어폰으로 음악을 듣다가 갑자기 눈물이 툭 하고 떨어졌다면,
그건 그 작품들이 대단히 훌륭하고 감동적인 이유도 있겠지만,
당신이 섬세하고 감성적인 사람인 이유도 있겠지만,

그냥 울 때가 되었기 때문이다.

생각해보자.
당신이 오늘 본 영화나 드라마, 혹은 음악에 대해. 물론 그것들은 좋은 작품들임에 틀림없겠지만 당신이 평소에 보고 듣던 것들과 크게 다르지 않은 수준일 것이다. 물론 당신과 유별나게 코드가 잘 맞고 울림이 통하는 구석이 그 작품들 어딘가에 숨어 있었겠지만 그것이 당신의 눈물을 설명하는 이유의 전부는 아닐 것이다.

당신에겐 무언가가 쌓여 있다.

지속적으로 받아온 스트레스이거나

너무 오래 참아 생긴 울분과 슬픔이거나

혼자 있고 싶지 않은 외로움이거나

그것도 아니라면 그냥 단순히 나트륨이라도.

한계치에 다다를 만큼,

당신에겐 무언가가 과하게 쌓여 있다는 얘기다.

세상의 모든 것들이 그렇듯 사람의 몸이나 마음에도 정화가 필요하다. 비워내고 쏟아내고 덜어내고 나서 가지게 되는 안정이나 평화 같은 것들.

그리고 눈물이 가진 정화의 능력은 참으로 신기하기까지 하다. 스트레스와 울분과 슬픔과 외로움과 나트륨을 적절히 배출하고 농도를 맞춰주는 놀라운 기능이 당신의 눈물 속에는 다량으로 함유되어 있으니 말이다. 콩나물 뿌리 속에 들어 있다는 아스파라긴산이 알코올로 피곤한 간의 해독을 도와주듯, 시원하게 쏟아놓은 뜨거운 눈물은 위태롭고 불안한 생활과 계산적이고 힘겨운 사랑으로 지친 당신의 마음을 해독해주는 알 수 없는 그 무언가를 함유하고 있으니까.

별다를 것 없는 드라마나 영화 속 어느 한 장면. 혹은 늘 듣던 음악의 어느 한 소절. 당신은 갑작스레 울컥하는 스스로를 만난다. 그리고 첫 한 방울의 눈물이 볼을 타고 흐르고 나면, 감정은 격해지고 그 격해진 감정의 파도는 마음의 저 밑바닥까지 쓸고 지나가는 거대한 풍랑으로 변하게 된다. 한번 일어난 풍랑은 한동안 울어야 잦아든다.

당황하지 말자.
창피해하지도 말자.
그냥 조용히 티슈만 찾으면 된다.
없다면 소매 끝을 쓰면 된다.

세상의 모든 것이 그렇듯 당신은 본능적인 치유와 정화의 과정을 거치는 중일 뿐이다. 두 눈이 퉁퉁 붓도록 원 없이 울어버렸다면 당신은 그걸로 성공한 것이다. 그렇게 시원하게 쏟아낸 당신의 눈물 속에는 저 마음 깊은 곳에 뒤엉켜 침잠해 있던 수많은 찌꺼기들이 하나 가득 용해되어 있을 테니 말이다. 마음과 몸의 온도를 맞추고 농도를 조절하는 기능이 그 눈물 속에 있다.

너무 넘던 마음을 조금 식혀주고
너무 차던 마음을 조금 덥혀주는.
너무 짜던 일상을 조금 싱겁게 해주고
너무 쓰던 시간을 조금 덜 쓰게 해주는.

.
.
.
.
.

우리를 울고 싶게 하는 것들은 어쩌면 드라마나 영화가 아닐지도 모른다. 우리를 눈물 나게 하는 것들은 어쩌면 음악이 아닐지도 모른다.
정말이지 우리를 울고 싶게 하는 것들은 매일 반복되는 우리의 생활이고, 정말이지 우리를 눈물 나게 하는 것들은 매일 마주치는 주변의 사람들일지도 모른다.

한 귀로 흘려듣고 싶은 직장 상사의 잔소리,
시간이 지날수록 나쁜 인간인 게 분명해지는 전 애인,
안 풀려도 안 풀려도 너무 안 풀린다 싶은 요즘의 일상들과
털어버렸으면 좋겠는데 도무지 털어지지가 않는 수많은 찌꺼기들.

그리고 악다물고 참고, 버티고, 견디고 있는 안쓰러운 스스로의 모습.

한바탕 시원하게 울고 났다면 그걸로 됐다.
울 만하니 울었고 울어야 하니 울었다.
한 번쯤 꾁 울어야 비워질 만큼 정성껏 살아왔단 얘기니까.
울 일도 없이 건조하고 무미하게 사는 사람들보다
당신은 훨씬 잘 살았다는 얘기니까.
청승맞은 일도 아니고 창피할 일도 아니다.
그냥 울 때가 되었기 때문이다.
다음번 울 때가 올 때까지 또 그렇게 살면 된다.
너무 잘 살 것까지도 없이 그냥 그럭저럭 살면 될 일이다.
너무 잘 살려 들면, 울 기운도 없는 법이니까.

부사와 형용사의 세계

'봄을 좋아한다'는 말은 너무 방대하다.

'봄'이라는 명사는 그 자체로 무한에 가까운 우주. '봄을 좋아한다'는 말은 계절로서의 봄 전체를 좋아한다는 의미가 되겠지만 사실 그 봄이 안고 있는 수많은 성분 중에 몇 개쯤, 봄이라는 계절 전체를 좋아하게 된 구체적이고 분명하고 특별한 이유가 숨어 있을 것이다.

어떤 봄을 어떻게 좋아하는지는 너무도 다양하겠지.
누군가는 바람. 그래 살랑거리며 옷자락 사이를 오가는 그 간지러운 봄바람을 특히나 좋아하는 사람들이 있을 것이고, 누군가는 공기. 어쩔 수 없이 달짝하고 달콤한 그 공기를 사랑하는 사람들도 있겠다. 또 어떤 사람들은 봄밤. 여름이 오기 직전 달무리가 어른거리는, 무언가 신비스럽고 술렁거리는 그 봄밤 때문일 수도 있고, 또 누군가는 역시 꽃. 4월 몇 주간 폭죽처럼 터져 오르는 봄꽃들의 향연 때문일 수도 있겠다.

내가 좋아하는 봄은 그중에서도 '어떤' 봄이냐 하면,
나뭇잎이 아직 완전한 초록이 되기 직전의 연두일 때, 연두의 물기 어린 투명함이 명징한 초록으로 옮겨가기 직전의 순간이다. 이른 저녁 동네 과일 가게 앞을 지나다 '와, 딸기다' 하고 혼잣말을 하게 되는 순간이다. 동네 시장 안 단골 술집 앞에 어느 날 '짠' 하고 파란 플라스틱 야외 테이블이 펼쳐지는 순간이고, 햇살을 보는 순간 김밥이 생각나서 도저히 김밥을 먹지 않고는 못 배기겠는, 봄 소풍 생각이 간절한 어느 아침이다. 나는 이런 봄을 좋아한다.

그래서 그런 봄을 '어떻게' 좋아하느냐 하면,
꽤 오래 연락 못 한 친구에게 '날씨가 좋아서'로 시작하는 싱거운 안부 문자를 보내고는 결국 그날 저녁, 앞에 얘기한 그 동네 단골 술집에 마주 앉는 식으로 좋아한다. 아. 파란색 야외 테이블과 봄과 꼼장어 구이와 소주와 맥주. 나의 봄은 그 파란색 야외 테이블 위에 있다.
일요일 오후, 하늘이 잘 보이게 거실 베란다 창 쪽으로 머리를 두고 누워 두껍지 않은 책 한 권을 읽는 일을 좋아한다. 그러다 슬쩍 잠이라도 들어버린다면 더 바랄 나위가 없겠지. 커피 한 잔을 테이크아웃 해서는 한 두어 시간쯤 동네 공원 벤치에 앉아 조동진의 '나뭇잎 사이로'를 무한 재생으로 들으며 바람이 어디로 부는지, 구름이 어디로 이동하는지 같은 쓸데없지만 아름다운 것들을 생각하다가 어느 순간 '자' 하고 짧은 탄식 같은 소리를 내면서 일어나 다시 일을 하러 가는 걸 좋아한다. 뭐 별것도 아니지만 몽상과 일상의 경계 같은 그런 봄의 순간순간을 나는 진심으로 좋아하는 것이다.

나는 '이런' 봄을 '이런 식'으로 좋아한다.
나는 연두의 봄을 좋아하고
딸기의 봄을 좋아하고

파란색 야외 테이블의 봄과
소풍 생각이 나는 김밥의 봄을 좋아한다.
친구에게 싱거운 문자를 보내고 술 약속을 잡는 일로 봄을 즐기고
하늘과 책, 집과 잠을 뒤섞어 봄을 느끼고
공원에서 '나뭇잎 사이로'를 듣는 일로 봄을 맛보고
바람과 꽃가루의 방향을 묻는 일로 봄을 쓴다.
봄이면 나는 잠시라도 무용하고 아름다운 것들을 생각하고 떠올리는 데 시간을 쓴다. 낭비라면 낭비겠지만, 좋아하는 봄을 위해 기꺼이 그 정도의 시간은 낭비하고 싶다.

명사 '봄'과 동사 '좋아하다' 위에 이렇게 형용사와 부사가 함께하면 마침내 내가 좋아하는, 내 취향의, 나만의 봄이 색깔을 드러내는 것이다.

사진을 좋아한다는 말도 마찬가지다.
어떤 사진을 어떻게 좋아하는지.
사진 찍는 쪽과 찍히는 쪽 중 어느 쪽을 좋아하는지.
무언가를 카메라에 담는 일 자체를 즐기는지 아님 그것들을 꺼내 보는 쪽을 즐기는지.

사람을 찍는 쪽과 풍경을 찌는 쪽 중 어느 쪽인지,
그 사람을 찍는 게 좋아서 사진까지 좋아진 건지,
아니면 사진으로 그 사람을 찍다 보니
어느새 그 사람이 좋아진 건지.
그래, 비를 좋아한다는 말도
술을 좋아한다는 말도 다 마찬가지다.

늘 명사이거나 동사였던 것 같다. 이 세계에서 질문과 대답은 대부분 그런 식으로 이루어졌다. 초등학생 시절 장래희망이나 꿈을 묻는 질문에 우리는 의사나 변호사 아니면 선생님이나 공무원 같은 깔끔한 명사로 대답해야 했고, 취미가 무엇이냐는 질문에는 독서나 음악 감상 아니면 영화 보기나 운동이라는 모범답안을 크게 벗어나지 않는 대답을 하는 식으로 살아왔다. 어떤 선생님이 될 건지, 그래서 어떻게 살아볼 생각인지 같은 건 잘 묻지도 답하지도 않았던 것 같다. 그런 건 판단의 기준이 불분명했을 테고 우열을 나누기도 어려웠을 테니 굳이 아무도 궁금해하지 않았던 것 같다.
명사와 동사만으로 설명이 가능한 세계는 명료하지만 싱거웠다. 나는 각자의 취향과 색깔 그리고 삶의 재미와 의미의 차이는 형용사와 부사 같은 것들에서 나온다고 생각한다. 문장 전체에서 기본적인 의미를 전달하는 데 없으면 안 되는 건 아니지만. 어쩌면 의미나 뜻 같은 건 명사나 동사만으로도 충분하겠지만. 삶이란 게 의미만 전달한다고 다는 아니니까. 어떤 건 팩트보다 느낌이고 어떤 건 의미보다 분위기니까.

어떤 걸 좋아하고
어떻게 좋아할까?
이 작은 것들로부터 시작해
시간의 색깔은
분명하게 달라진다 고 믿 는 다 .

어떤 것도 가능하고

어떻게든 할 수 있다.

우린, 생각보다 좋아하는 게 많고

우린, 생각보다 할 수 있는 게 많다.

많은 것들을 시작할 수 있다, 아 직 .

각자의 미세한 순간들을 포착해나가기 시작하면 이미 삶은 풍성해지기 시작한다. 나는 그 미묘하지만 분명한 차이들이 부사와 형용사의 세계에서 비롯된다고 믿는다.

기억의 두께

•

시간의 두께와

기억의 두께는 다르다.

같은 시간 쌓여도

축적된 기억의 두께는 사람마다 다른 법.

나는 늘

기억의 두께가

두꺼운 사람이 되길 바란다.

시간은 좋은 쪽으로 흐른다

1

아직 어린아이였던 시절, 주말이면 아버지를 따라 집을 나서곤 했다. 가끔은 회사 동료분들과 함께하는 등산이었고 가끔은 야구장일 때도 있었다. 놀이공원이나 유원지 같은 곳일 때도 있었고 그냥 동네 목욕탕엘 다녀오는 날도 있었다. 가는 곳은 때마다 달랐지만 어린 시절 그 일요일 아침의 설렘만큼은 지금도 잊히지 않는다. 그렇게 아버지를 따라나서며 어디를 가는 건지 물으면, 아버지는 항상 "좋은 데"라고 말씀하셨던 기억이 난다. 어딘지 모르지만 그렇게 아버지를 따라 집을 나서는 내게 아버지와 함께하는 곳은 늘 '좋은 데'였다.

그 시절 아버지들이 대부분 그랬듯 말수가 적으시고 그다지 살가운 분은 아니셨지만 월급날이면 그 비쌌던 바나나를 한 송이 품에 안고 들어오셨고, 당신은 드시지 않았다. 나는 그 꿈 같던 바나나의 달콤한 맛을 기다리며 그 어린 나이에도 월말을 어렴풋이 가늠했던 것 같다.

아버지는 일찍 돌아가셨다. 갑자기 편찮으셨고 서둘러 나빠지셨다. 우리 가족은 슬플 겨를도 없이 그렇게 아버지와 헤어졌다. 황망했고 아팠다. 그렇게 한참의 시간이 지나고 나서 그리운 마음에 아버지를 떠올리면, 늘 그 '좋은 데'와 바나나가 먼저 생각난다. 아버지에 대한 나의 그리움은 그래서 한편 아프지만 한편 설레고 달다.

2

혼자 떠난 여행에서는 할 수 있는 게 시간과 마주하는 일뿐이다. 생각하는 것 말고는 별로 할 게 없는 날들, 서른 즈음에 처음으로 혼자 떠났던 여행지 '빈'에서 나는 좀 추웠고 퍽 외로웠다. 왜 빈이었는지는 지금 생각해도 정확히 기억나지 않는다. 그냥 빈이어야 했다, 그때의 나는.

처음 혼자 떠나는 유럽 여행에 왠지 들떠버려 동유럽의 겨울 추위를 대수롭지 않게 생각한 내게 그곳은 매서웠다. 그해 1월 빈에는 하루걸러 한 번씩 많은 눈이 내렸고 거리는 온통 하얗게 쌓인 눈으로 가득했다. 처음 며칠간은 쉬이 녹지 않는 눈 때문에 종일 신발은 젖거나 얼었고 숙소라도 옮기는 날에는 수북한 눈 위에서 캐리어를 끌다 지치곤 했다. 치워지지 않은 채 눈이 조금 녹은 거리는 흙과 먼지로 얼룩덜룩했다.

나는 여행자였으니 춥고 눈이 많다고 숙소에만 있을 수는 없는 노릇. 아침 일찍 숙소에서 나오면 걷다가 카페에 들러 커피를 마셨고 걷다가 펍에 들러 맥주를 마셨다. 이미 갔던 미술관과 박물관을 몇 번쯤 더 가고 싼 오페라를 보고 종일 혼자 돌아다니다 저녁 무렵 숙소에 돌아오면 더운 물에 몸을 녹이고는 혼자 맥주 한잔을 하고 일찍 잠을 청하곤 했다.

혼자인 여행은 생각보다 낭만적이지 않았고, 처음이라 적잖이 긴장했는지 결국 몸살에 걸려 감기약을 털어 넣으며 이틀쯤 숙소에서 꼼짝없이 앓기도 했다. 그해의 '빈'은 그랬다. 겨울 도나우 강은 황량했고, 눈이 오지 않으면 흐렸고, 혼자 먹는 밥은 어쩐지 마르고 퍽퍽했고, 맥주는 왠지 썼다. 아마도 살면서 가장 외로웠던 한 주였던 것 같다.

그렇게 외로웠던 한 주가 지나고 나는 생각을 조금 바꾸기로 했다. 3주가량을 머물기로 계획했던 그 도시에서 나는 내가 혼자라는 사실을 완전히 받아들이고 처음부터 외롭기 위해 떠난 여행이라고 인정하기로 했다. 여행자라는 부담을, 무언가 더 보고 더 느껴야 한다는 생각을 내려놓고 그냥 별거 없는 일상을 지내다 가도 상관없다고 마음을 고쳤다. 너무 추우면 숙소나 카페에서 책을 읽거나 뭔가 끼적였고, 하루쯤 아무것도 안 하고 천천히 술을 마시기도 했다. 좋은 쪽으로 생각하기 시작한 것이다.

신기하게도 그렇게 생각을 고치고 나니 여행이 조금 달라지기 시작했다. '빈'은 나 스스로 외롭기 위해 떠난, 말하자면 혼자서 외로움을 맛보러 간 멋진 예술의 도시로 달리 보이기 시작했고, 그곳에서의 황량했던 시간들은 어느새 내게 꽤나 분위기 있는 시간들로 바뀌어 있었다.

매일 가던 숙소 근처 맥줏집도, 가끔 인사해주던 금발의 안경 쓴 아르바이트생도, 눈 내린 슈테판플라츠의 차가운 풍경도, 너무 봐서 사실 좀 질렸던 에곤 실레의 그림들과 알아듣지 못

해 이림짐좌으로 본 오페라들도 다 '외롭지만 멋스러웠던 첫 혼자 여행'의 빛나는 소재들로 바뀌기 시작했다. 한참이 지난 지금도 빈을 생각하면 그 멋스러운 외로움과 차갑지만 감성적인 풍경들만 떠오른다. 빈에는 계획보다 조금 더 길게 한 달쯤을 있었다. 그리고 그 여행 이후로 한동안 혼자 떠나는 여행에 익숙해지고 재미를 붙였었다.

생각하기에 따라 현상과 기억은 조금 달라진다. 좋은 쪽으로 생각한다면 좋은 쪽으로.

3

오래 단골이던 이촌동 시장 조그만 술집이 문을 닫는다 했다. 동네 골목 안에 정든 무언가가 사라지는 건 어쩐지 좀 서운했다. 그 맛있는 음식들과 그 맛있는 맥주를 이제 먹고 마실 수 없다니. 어느새 많이 친해진 사장님과 그 술집을 오가며 만났던 많은 사람들, 그들이 모두 모여 마지막 술 한잔을 한다기에 기꺼이 참석했다.

그저 술집일 뿐이었는데 공간과 시간을 공유한다는 건 참 신기한 일이다. 모두는 아무런 연고도 없이 각자이거나 그룹 그룹. 단지 한동안 그 술집에서 술을 마셨을 뿐이지만 그 공간과 그 시간을 공유한 이유로 그날은 모두 친구였다. 그곳에서 함께 먹은 음식 얘기와 술 얘기, 각자의 소소한 추억들과 자질구레한 이야기들이 매캐하게 좁은 술집 안에 가득했다.

원래는 내 단골집이었지만 연애 시절부터는 아내와 종종 가다 보니 이제 그 술집 사장님 J 씨는 아내와 좀 더 친했다. (지금도 여전히 그녀들은 친하게 지낸다.) 그렇게 모두 불콰해지도록 술을 마신 그 밤. 집에 가기 위해 밖으로 나와 다 같이 기념사진 한 장을 찍으며 모두는 즐겁게 아쉬워했다. 나는 그 모습이 새삼 신기했고 어쩐지 따뜻했다. 단지 그 술집에서 공간과 시간을 공유했다는 이유만으로 사람들은 서로를 반갑고 유쾌하게 기억할 것이다. 내가 그렇듯.

지금도 그 조그만 술집을 생각하면 달빛 아래 단체 사진을 찍던, 모두 발그레하고 환하게 웃던 장면이 떠오른다. 그날 집에 돌아오는 길에 깜깜한 밤하늘을 올려다보다 그런 생각을 했다.

아쉬운 건 아쉬운 대로, 사라지는 건 사라지는 대로
그래도 결국 우리는 또 어딘가에 모여
시간을 나눠 쓰고 공간을 나눠 쓰고 그걸로 친구가 되겠구나.
그러니 우리는 모두 좋은 쪽으로 향하고 있구나.

4

결혼 전, 아내와 한창 연애 중일 때였다. 무척 추웠던 12월 말 어느 날, 아내가 교통사고를 당했다는 소식을 들었다. 너무 놀라 경황없이 병원으로 향했다. 모두 세 군데나 골절이 있었고 3개월쯤을 병원에 입원해 있어야 하는 상황이라고 했다. 그나마 불행 중 다행으로 수술을 해야 한다거나 하는 위중한 상태는 아니었지만 그래도 큰 사고였다. 아내 얼굴을 보고 무사함을 확인했지만 마음이 무거웠다. 다음 날 다시 갈 요량으로 집으로 돌아왔는데 운이 없는 시기였는지 그다음 날 나도 발목을 다치고 말았다. 눈이 온 뒤라 집 앞 곳곳이 빙판이었는데 그만 미끄러져서 발목 인대가 파열된 것이다. 한 달간은 꼼짝없이 깁스 신세였다. 발목을 다쳤다는 것보다 당장 아내를 보러 갈 수 없다는 게 미안했고 애틋했고 추웠다.

그렇게 두 주쯤이 지나고 겨우 목발을 짚을 수 있게 되자마자 나는 병원으로 향했다. 골절 커플은 로미오와 줄리엣만큼이나 애잔하게 반가웠다. 그렇게 아내가 퇴원할 때까지 틈날 때마다 나는 병원으로 향했고, 우리는 병실에 앉아 이런저런 얘기를 나누고 퇴원하면 제일 먼저 뭘 할까 계획도 세우고 병원 밥도 나눠 먹고 노트북으로 영화를 보기도 했다. 워낙 활동적이고 활발한 아내에게 누워만 있었던 그 시간들이 얼마나 답답하고 힘들었을까를 생각하면 지금도 안쓰럽고 대견하다. 운이 없다면 참으로 없었고 시간이 더뎠다면 참으로 더뎠던 그 겨울, 골절 커플은 둘 다 마음속으로 결혼을 결심했다고 한다. 나중에 알고 보니 그때였다. 나도 아내도. '이 사람이구나' 하고 확신이 들었던 때가.

몇 달의 시간이 지나고 나자 아내의 뼈는 너무도 튼튼하게 잘 붙어주었고 내 발목 인대도 잘 붙어주었다. 그리고 무엇보다 우리 둘의 마음이 가장 튼튼해졌다. 힘들었던 그 시간들은 모르는 사이 우리 둘의 감정과 마음을 좋은 쪽으로 좋은 쪽으로 데려가고 있었던 것이다. 퇴원 얼마 후 나는 아내에게 프러포즈를 했고 우리는 결혼을 했으니 말이다.

"그때 병원에서 나 많이 기다렸지?"

"아니. 바보같이 남편도 다쳐서 좀 당황했지."

요즘도 가끔 그때 얘기를 하며 웃는다.

결국, 시간 앞에서 우리가 할 수 있는 건 지금을 추억과 맞바꾸는 일 정도가 아닐까 생각해본다. 그러니 할 수 있다면 조금 더 좋은 기억으로, 가능하다면 조금 더 행복한 추억으로, 그렇게 바꿔야 하지 않을까.

살다 보면 그냥 가야 할 때가 있다. 그 길이 맞는지 확신이 들지 않고 겁도 나지만, 그래도 그대로 멈출 수는 없을 때가 있다. 그리고 아무것도 하지 못한 채 그저 시간에 나를 맡겨야 하는 막연한 순간들도 있다. 그럴 때마다 스스로를 다독이며 내게 해주는 한마디가 있다.

'시간은 늘 좋은 쪽으로 흐른다.'

어딘지 모르지만, 지금은 힘들지만,
조금 늦었을지도 모르지만,
결국 우리는 모두 좋은 쪽으로 향하고 있다.
지금 조금 슬퍼도, 지금 조금 외로워도,
지금 조금 힘들어도, 지금 무언가와 헤어지는 중이라도,
시간은 늘 좋은 쪽으로 흐르고 있다. 그렇게 믿는다.
그렇게 생각하고 나면 어쩐지 다시 발바닥에 힘이 들어가곤 한다.

조금 예민해도 괜찮아

글쎄. 예민하다면 좀 예민한 편인지도 모른다. 어려서부터 줄곧. '뭐 그런 거에 그렇게 예민하게 굴어요?'라고 누군가 얘기라도 한다면 '그래, 내가 좀 유별난가?' 하며 위축된 적도 있었다. 어쩐지 예민하다는 말은 날카롭고 뾰족한 성격만을 드러내는 것 같아 조금 부정적인 느낌인 것도 사실이라면 사실이니까.

내가 어느 정도로 예민한 사람인지까지는 나 스스로도 잘 모르겠으나 어찌 되었건 나는 어디에서나 머리만 대면 바로 쿨쿨 잠들어버리는 부류의 사람이 아니었고, 주위에서 벌어지는 모든 상황들에 덤덤한 채로 내 할 일에만 집중할 수 있는 사람도 아니긴 한 것 같다. 뭔가 신경 쓸 일이 있으면 자주 잠을 설쳤으니 가벼운 불면증도 있다고 할 수 있었고, 중요한 일이나 중요한 상황 앞에서 긴장하면 살살 아랫배가 아팠으니 아마 과민성 대장 증상도 좀 있었나 보다.
그중에서도 유독, 나는 소리에 민감했다. 소리에 민감한 예민한 귀를 가진 덕에 음악으로 밥벌이를 하고 있으니 감사한 일이지만 가끔은 주위 사람들과 나 스스로를 괴롭히기도 한 것 같다. 그 예민함이, 그 뾰족함이.

사과 깎는 소리를 싫어한다.
이상한 일이다. 사과 깎는 소리 따위에 그토록 약한 건.
언제부터 그랬는지는 정확하지 않다. 아마도 설익은 풋사과를 먹고 탈이 났던 모양인데, 유년기의 기억 어딘가에 이 소리가 굉장히 강한 이미지로 자리 잡고 있었나 보다.
풋사과의 소름 끼치는 신맛—'사각' 하고 씹는 소리—오싹해지는 사과 깎는 소리.

아마도 대충 이런 순으로 발전한 듯한데, 지금은 조금 나아졌지만 꽤 오랫동안 사과 깎는 소리를 들으면 온몸의 근육이 다 수축하는 것 같고 턱밑에서 소스라치도록 신맛의 침이 고이고 머리칼이 쭈뼛쭈뼛 곤두서는 기분이 들었다. 만일 내가 절대 발설하면 안 되는 엄청난 비밀을 알고 있는 국제 스파이였다면, 아마 나는 어이없게도 사과 하나를 귀에 대고 채 다 깎기도 전에 알고 있는 모든 것들을 털어놨을지도 모른다. TV 드라마를 보다가도 사과 깎는 장면이 나오면 다른 채널로 바꿀 정도로 유난스럽게 싫어했는데, 단지 그 소리 때문에 20년 가까이 사과를 입에도 대지 않았다고 말하면 사람들은 웃으며 진심으로 안타까워했다.

'그 맛있는 걸….'

더 희한한 건 그렇게 싫어하던 게 조금씩 야금야금 괜찮아져서 요즘은 한두 개쯤 먹을 수 있게 되었다는 점이다. 신기한 일이다. 무언가가 내 삶에서 완전히 빠져나갔다가 다시 제자리로 들어오는 일은. 무던해지는 건지 익숙해지는 건지 아님 그냥 변하는 건지, 어떤 때는 이유 자체를 모르겠으니 말이다. 여하튼 사과가 내 삶에 다시 돌아와 준 건 너무도 다행스럽고 고마운 일이지만 여전히 사과 깎는 소리만큼은 나를 민감해지게 한다.

어울리지 않는 음악 소리를 싫어한다.

특히나 무취향의 반복적 음악을.

식당이나 카페 같은, 혹은 쇼핑몰이나 피트니스 센터 같은 사람들이 많은 공공장소에서 들려오는 음악에서 아무런 개연성과 취향, 혹은 스토리를 발견할 수 없다면 반강제적으로 들리는 그 음악들을 못 견디는 편이다. 누구의 개인적 음악적 취향이건 그건 그대로 존중하지만 불특정의 손님을 상대하는 영업장에서 무신경하게, 아무런 개연성 없이, 그리고 어떤 고민의 흔적도 없이 무성의하게 흘러나오는 음악은 공해에 가깝다고 생각하는 편이다. 실제로 몇 달 동안 매일 아침 똑같은 발라드와 댄스 음악을 복사한 듯 틀어대는 피트니스 센터를 결국 다른 곳으로 옮긴 적이 있다. 오로지 음악 때문에.

신경질적인 자동차의 경적 소리.

카페에서 지나치게 크게 떠드는 사람들의 목소리.

숨소리까지 집중해야 하는 조용한 영화를 볼 때 대사와 대사 사이를 뚫고 나오는 팝콘 먹는 소리와 얼음 씹는 소리.

길에서 어린아이에게 소리 지르는 다 큰 어른의 날카로운 고함 소리.

내가 싫어하고 예민하게 반응하는 소리들은 너무 많아서 일

일이 열거하다 보면 왠지 괜찮았던 소리들마저 그렇게 될 것 같아 그만 써야겠다. 내가 싫어하는 소리들이나 하나 가득 나열하려고 시작한 글은 아니니까.

예민함은 나쁜 게 아니다. 누구나 조금씩 가지고 있는 성격의 구성 요소 중 하나일 뿐이라고 생각한다. 사람마다 그 강도와 종류가 조금씩 다를 뿐이지 누구나 못 견디고 약해지는 민감하고 예민한 대상 몇 개쯤은 가지고 있는 법이니까. 누군가에게는 소리일 수도 있고, 누군가에게는 맛일 수도 있고, 누군가에게는 잠이나 말일 수도 있고, 다른 누군가에게는 날씨나 계절일 수도 있다.
그러니 스스로가 조금 예민하다고 해서 누군가에게 너무 미안해하거나 위축되지는 않았으면 한다. 또 반대로 누군가에게 '뭐 그런 거에 그렇게 예민하게 반응하냐?' 하고 쉽고 퉁명스럽게 내뱉을 일도 아니라고 생각한다. 예민함은 어쩌면 성격이고 스타일이고 색깔이고 취향일 수도 있으니까. 우리는 모두 어느 정도의 예민함을 가지고 있으니 조금씩만 더 서로 조심해주면 좋을 일이다.

생각해보니 내가 예민하게 반응하거나 힘들어하는 소리들은 소리이기 이전에 사람인 듯하다. 무신경하게 누군가를 방해하고 거슬리게 하는 행동, 전혀 배려하지 않고 하나도 조심하지 않는 태도를 싫어하고 있었나 보다, 나는. 사과의 경우도 아마 어린 내게 설익은 풋사과를 건넨 사람의 부주의에서 출발했겠지.

사람들은 어쩌면 모두 다 자기 입장이 제일 중요하다. 누구나 자신에게는 조금 관대하고 타인에게는 조금 냉정한 면이 있는 법이니까. 나의 몰입과 나의 평온을 방해하는 무신경의 소음들을 향해 나는 가끔 예민하고 날카롭게 반응하지만 어찌 생각해보면 그건 내 입장일 뿐이다. 누군가에게 방해가 될지도 모른다 해서 극장에서 팝콘 먹는 즐거움을 제약할 수는 없는 일이니까. 그건 억지니까. 그리고 이런 나 역시 누군가를 예민하게 만드는 부주의한 구석을 분명히 가지고 있을 테니까.

예민하다는 말이 언제나 부정적이기만 한 이미지는 아니었음 한다. 예민하다는 건 어쩌면 살아 있는 감각과 분명한 자기만의 세계를 가졌다는 의미일 수 있으니까. 예민하다는 건 누군가의 기분이나 상태를 잘 알아채고, 다들 스쳐 지나가는 작은 것들을 민감하게 포착한다는 얘기일 수 있으니까. 모두 다 수더분하고 둥글둥글하고 모난 곳이라고는 하나도 없는 성인군자 같다면 좋겠지만 그건 어려운 일이니까. 우린 너무 바쁘고 빠르고 정신없는 세상 속을 살고 있으니까. 맘에 안 들고 못 견디겠는 일들은 너무도 많고 많아서 그중 몇 가지쯤 예민하게 구는 건 어쩌면 자연스런 일인지도 모르니까.
어떤 것들은 좀 참고, 어떤 것들은 조용히 항의하고, 어떤 것들은 그냥 그러려니 하며 지내야 하나 보다 싶다. 어쩌면 예민하다는 건 그 원인 때문에 짜증나고 불행해질 수 있다는 얘기이기도 하지만 반대로 그 이유 때문에 행복해질 수 있다는 얘기이기도 하지 않을까. 소리에 예민하고 민감한 나는 싫어하는 소리 때문에 가끔 힘들지만 좋아하는 소리 때문에 훨씬 자주 행복하고 평화롭기도 하니 말이다.

봄바람이 나뭇잎 사이를 스치는 소리.
여름 바닷가에 누워 듣는 저 멀리 아이들의 노는 소리.
가을 낙엽이 발밑에서 바스락 비스킷처럼 부서지는 소리.
겨울밤 아무도 모르는 사이 소복하게 눈이 쌓이는 소리.
우연히 듣게 된 좋아하는 노랫소리.
차가운 맥주잔으로 누군가와 건배하는 소리.
비 오는 날의 김치전 부치는 소리와
나른한 일요일 오후 소파에 누워 튕기는 기타 소리.

이른 아침, 아내가 커피콩을 가는 고소하고 향기로운 소리.

내가 소리에 유독 예민하다면 아내는 냄새에 예민하다. 집에 들어온 나에게서 나는 냄새로 나의 하루를 역추적할 수 있는 수준이다. 킁킁. 누구나 예민한 구석은 있기 마련이다.
얼마 전 극장에서 아내와 둘이 영화를 보았다. 영화를 보는 내내 나와 아내 옆에 앉은 외국인 남자 두 명은 '부스럭부스럭' 소리를 내며 무언가를 먹었다. 오래 먹었고 천천히 먹었고 조금씩 먹었다.
하. 아는지 모르겠지만 뭔가 조심하며 내는 부스럭 소리는 더 부스럭거리게 느껴질 때가 있다. 나는 그 영화를 보는 내내 그 소리가 귀에 거슬려 신경이 쓰였지만 억지로 신경을 분리하려 애쓰며 묵묵하게 무사히 영화를 봤다. 나보다 한 칸 더 가까이 바로 옆에 있는 아내는 더 거슬리겠구나 생각하면서.
영화를 다 보고 나오는 길에 아내에게 넌지시 물었다.
"옆자리 엄청 신경 쓰였지? 괜찮았어?"
"안 괜찮았지…. 엄청 맛있는 냄새가 계속 나서. '한 개만 달라고 하면 혹시 줄까? 한 개만 달라고 해볼까?' 하고 계속 고민했어."
"에에? 부스럭거리는 건?"

"부스럭거렸나? 에이, 다 그렇지 뭐. 먹으면 그 정도 소리는 나잖아. 아. 냄새 엄청 좋더라. 브레첼이었나?"

잠시 후 저녁을 먹다가 "나 예민해서 피곤하지?"라고 아내에게 물으니 "나도 예민한데, 뭐"라고 아내는 대답했다.

'우리는 예민 커플.'

그래. 우린 모두 예 민 하 다 .

각자의 취향대로 각자의 방 식 대 로 .

예민한 것도 취향의 일종이고 민감한 것도 취향의 일종이다.

각자의 취향대로 각자의 방식으로

무언가에는 좀 강하고 무언가에는 좀 약할 뿐이다.

조금 뾰족해도 날선 채여도 괜찮다.

무뎌질 건 무뎌질 테고 닳을 것들은 닳아 뭉뚝해질 테고

그래도 남는 몇 조각의 예민함은 그대로 나의 일부라고 생각하면 되는 것이다.

그래. 좀 예민해도 괜찮다.

예민한 구석이 있어야 덤덤한 구석도 생기지.

예민해서 우리는 서로의 기분을 좀 더 잘 챙기고 눈치껏 행 복 하 다 .

모두 잠든 조용한 밤 시간,

집 안과 밖의 모든 소리들이 사라지니 냉장고 소리가 슬며시 존재감을 드러낸다. 내성적인 사람이 하는 조용한 이야기 같아서 한동안 가만히 들어주었다.

예민한 덕에 가끔은 냉장고 소리도 시가 된다.

평행우주

선택해야 한다.

선택하지 않으면 삶은 단 한 발자국도 앞으로 나아가지 않는다. 삶이라는 1인칭 주인공 시점의 긴 이야기는 그 주인공이 선택하고 결정하지 않으면 아무런 스토리도 만들어내지 않는다. 그러니 하루라는 짧은 시간 속에서도 우리는 무수히 많은 결정들을 하고 또 해야 한다.

어떤 옷을 입을지, 누구와 약속을 잡을지, 오늘 점심 메뉴는 어떤 걸로 할지, 지금 기분에는 어떤 노래를 들을지 같은 일상생활 속의 간단한 선택부터 어떤 학교가 좋을지, 어떤 직장을 택할지, 이 사람과 연애를 계속하는 게 좋을지, 결혼은 해야만 하는지 같은 일생일대의 중요한 선택들까지.

'결정 장애'까지는 아니어도 나는 무언가를 결정하는 게 어렵고 힘들고 답답한 유형의 사람이었던 것 같다. 한 살 한 살 나이가 들어가며 조금씩 나아지고 있지만 여전히 선택의 순간들은 매번 쉽지 않은 고민들을 안겨다 준다. 그 선택이 작은 것이든 큰 것이든 과정은 늘 마찬가지. 언제나 조심스럽고 어렵다.

어쩌면, 선택하고 결정하는 게 어렵고 힘든 이유는 후회에 대한 두려움 때문이 아닌가 싶다. 만일 나의 선택이 잘못됐을 경우 그 후회들을 오롯이 감내해내야 한다는 두려움. 하지만 대부분의 선택에는 옳고 그름이 없다. 잘못되었거나 잘되었거나 하는 결과만이 있을 뿐인데 이것 역시도 바로 판단하기 어려운 경우가 많다. 시간이 많이 지나고 결과들이 쌓이고 나서야 비로소 알게 되는 것들.

그러니 이제 그 수많은 결정들 앞에서
조금은 편하게 마음먹었으면 한다.
쉽지 않겠지만 후회의 두려움보다
선택의 설렘에 더 집중했으면 한다.
내가 지금 이 길을 가기로 결정해야 한다면,
그 길이 틀릴지도 모른다는 두려움과 불안함보다는

새로운 길에 첫발을 내딛는 기대와 설렘에 스스로를 걸어보는 게 어떨까 한다.
역시 어려운 일이겠지만 말이다.

'평행우주'라는 것이 있다.
"나의 시공간에 펼쳐지는 수없이 많은 경우의 수 중에서 나는 늘 한 가지밖에 선택할 수 없고, 내가 선택하지 않은 미지의 길을 선택한 또 다른 '나'가 다른 우주 어딘가에 존재한다."
우연히 읽게 된《평행우주》라는 책에서 본 내용이다.
내가 선택한 결정들이 모이고 모여 지금 이 우주 속에 '나'를 존재하게 한다는 얘기. 그리고 내가 선택하지 않은 다른 미지의 결정들도 새로운 평행우주 속에 또 다른 '나'를 만든다는 얘기. 생각해보면, 마냥 외롭지 않아서 좋다. 그리고 그 평행우주 속의 '나'도 이곳의 나만큼은 행복했으면 좋겠다.

선택과 결정 앞에 나는 늘 망설이고 마음 졸였다. 한 줄의 가사 앞에서도 한 소절의 멜로디 앞에서도 나는 늘 고민에 고민을 거듭했고, 한마디의 말과 한 움큼의 기억 앞에서도 머뭇거리고 머뭇거렸다. 하지만 나의 고민과 상관없이 어떤 글들은 가사가 되지 못했고 어떤 멜로디들은 노래가 되지 못했다.

그럴 때마다 나는 늘 내 선택과 결정의 잘못된 지점들을 찾아내고 싶었다. 하지만 되짚고 다시 만져보고 아무리 애써도 알지 못하겠는 것들은 그렇게 알지 못하는 채로 남았다.

내가 선택하지 않은 가사와 내가 선택하지 않은 멜로디. 내가 미처 하지 못한 말들과 내가 차마 털어내지 못한 것들. 후회라면 후회고 기억이라면 기억인 그 많은 것들이 결국 평행우주 어딘가에서 노래가 되어주었다고 생각하면 한결 마음이 따뜻해진다.

너무 두려워하지 않았으면 한다. 어쩌면 '나'라는 우주의 중심은 늘 '나'이니까. 작고 하잘것없는 결정이라도 오늘 나의 결정들은 지금도 각각의 아름다운 '우주'를 만들고 있는 중이니까. 너무 후회하고 아쉬워하지 않아도 그때 다른 결정을 한 또 다른 '나' 역시 다른 우주 어딘가에서 잘 살고 있을지 모르니까. 노래가 되어주고 사랑이 되어주었을지 모르니까.

설레고 반갑게,

나의 우주에서,

오늘 치의 선택들과 만났으면 한다.

일 분에 일 년씩

원래 그런 거다.

무언가를 쌓아 올리는 데 걸리는 시간과

그걸 허물어버리는 데 걸리는 시간이 같을 리가 없다.

그러니까 내 말은,

그런 종류의 일은 그렇게까지 실망할 일이 아니라는 거다.

원래 그런 거니까.

우리가 사는 세계에는 원래 그런 것들이 있다.
지구는 원래 둥글고, 달은 원래 한쪽 면밖에 볼 수 없다.
물고기는 원래 물속에 살고, 나뭇잎은 원래 초록색이다.
그건 원래부터 그런 것이고 원래부터 그런 일들이다.
지구가 둥글기 이전과 달의 반대 면을 볼 수 있던 시절.
물고기가 숲속에 살던 때와 나뭇잎이 까만색이던 순간.
아무도 본 사람이 없으니 그건 원래부터 그랬던 거다.
하나하나 나열하기도 힘들 만큼 수없이 많은 '원래 그런 것들'.
그러니 원래 그런 것들 앞에서는 실망하지 않을 일이다.
원래 그런 것들에게까지 실망하기 시작한다면,
우린 우리에게 할애된 수많은 순간들을
실망만 하며 보내야 할지도 모르니 말이다.

어린 날의 여름 바닷가.
한나절을 쌓아 올린 모래성이 한순간 파도에 씻겨 사라지듯,
무언가가 허물어지는 일은 쌓아 올린 시간과는 관계가 없다.
쌓아 올리는 일에는
의지와 순서와 일정 시간 이상의 노고가 필요하지만
허물어지는 일에는 아무것도 필요가 없다.
순서도 노력도 본인의 의지도,

그리고 시간마저도 말이다.

원래 그런 거니까.

무너진다는 건 원래부터 그런 거니까.

몇 분 남짓의 시간.

한 곡의 음악이 시작해서 끝날 정도의 시간.

간단한 인사를 나눌 정도의 시간.

하지만 두 사람의 사랑이 허물어지기에는 충분한 시간.

헤어짐은 그렇게 온다.

마치 모래성이 파도에 쓸려 사라지듯,

순 식 간 에 .

미리 기다리고 있던 당신의 맞은편 자리에 그 사람이 앉고,
때마침 스피커에선 새로운 음악이 흘러나오기 시작한다.
둘은 꼭 해야 할 말만을 했을 테고,
그 사람이 일어설 즈음에도
그 음악은 아직 끝나지 않은 채로 그렇게 흘러나오고 있다.
몇 분 남짓의 음악이 채 끝나지도 않은 그 짧은 시간 동안
몇 년쯤을 사랑했을 두 사람은
그렇게 모르는 사람이 될 수도 있다.
이제 이 바닷가 어디에도
모래성 같은 건 없다.

무언가를 쌓아 올리는 데 걸리는 시간과
그게 허물어지는 데 걸리는 시간이 같을 리 없다.
그건 나도 알고, 당신도 아는 너무나 간단한 이야기다.
그러니 실망하지는 말기로 하자.
그건 원래부터 그런 거니까.
둥글지 않은 지구에서 달의 반대 면을 보는 날까지.
까만 나뭇잎이 울창한 숲속에서
물고기와 하늘을 나는 순간까지.
실망하지는 말기로 하자.

허물어지는 일도, 헤어지는 일도 원래 그런 거니까.
슬퍼는 하되 실망은 하지 말자.

일 분에 일 년씩이면 그리 나쁠 것도 없다.

쌓아 올려야 허물어지기라도 하는 법.
부지런히 쌓아 올려야 무너지기라도 하는 법.

당신의 비밀

다들 모르고 있는 한 가지.

사실 당신은,

당신이 생각하고 있는 것보다

꽤

괜찮은 사람이라는 것.

이제라도

당신이 알았으면 하는,

그래서 매일 거울을 볼 때마다 한 번쯤 더 웃었으면 하는,

당신만 모르고 있는 당신의 비밀.

당신은 생각보다 꽤

괜찮은 사람이라는 것.

II

그럴 때마다 나는

시간의 성분

•

흐름을 멈출 수는 없다.
시간 앞에서 우리가 바꿀 수 있는 건
고작해야 그 시간의 성분 정도.

좋은 기억을 만드는 일이
어쩌면 우리가 할 수 있는
의미 있는 일의 전부다.

웃음을
사랑한다는 말을
꽃과 별과 바람과 하늘을
좋아하는 커피의 원산지 이름과
가고 싶은 나라의 풍경 사진 한 장을
차곡차곡 담는다. 오늘 치의 내 시간 속에

시간을 죽여 나를 살리는 것

쓸모없는 일을 해보는 것.

전혀 현실 생활에 도움이 되지 않을 무언가를 찾아 해보는 것.

최선 같은 건 다하지 않고 그냥저냥 슬렁슬렁 시늉만 해보는 것.

자질구레하고 부질없으며 하찮고 별거 아닌 것들.

그런 것에 용감히 시간을 할애해보는 것.

볼리비아의 고원을 거쳐 도착한 칠레의 아타카마 사막.

세상에서 가장 건조한 여행자의 마을.
여행자 마을의 한낮은 그랬다.
그늘을 찾아 막연한 잡담을 나누고
별로 훌륭하지 않은 실력으로 낡은 기타를 연주하고
자꾸 떨어트리는 저글링을 계속하고
누구도 박수 치지 않을 외발자전거를 타고
누군가 묶어놓은 외줄 위에서 끊임없이 균형을 잡고.

여유라는 건 그런 것이 아닐까 한다.
그 일의 결과에는 아무런 의미도 두지 않아보는 것.
결과 따위는 애초에 존재하지 않는 것처럼 잠깐이라도 잊어보는 것.
잠시라도 그 과정 자체가 되어보는 것.
이야기를 나눌 땐 이야기가 되고
기타를 연주할 땐 기타가 되고
저글링을 할 땐 저글링이,
외발자전거를 탈 땐 외발자전거가,
외줄을 탈 땐 외줄이 되어보는 것.
지겨워지거나 잘 안 되면 그냥 더 재미있는 다른 걸 찾아보거나 한동안 가만히 있어보는 것.

쓸모 있는 사람이 되려는 노력을
하루만이라도 멈춰보는 것.
그냥 잘 못 해도 되는 사람이 되어보는 것.
나를 대신하는 모든 수식어들을
다 햇빛에 바싹 말려 털어버리고
온전하게 '나'인 상태로 있어보는 것.
포장 같은 거 없이도 있는 그대로 괜찮은 선물이 되어보는 것.

시간을 죽여 나를 살리는 것.

캔맥주 세 개만큼만 외로워하다

어쩐지 그냥은 집에 들어가기 싫은 날이 있다. 길었던 하루 일과를 마치고 난 뒤 알 수 없는 허전함이 씁쓸한 뒷맛처럼 남는 그런 밤. 힘들다 하기에도 아쉽다 하기에도 애매하지만 분명히 뭔가가 내게서 조금 빠져나가 버린 듯한 그런 기분의 밤.

집에 돌아가는 길, 잠시 차를 세우고 휴대폰 전화번호 목록을 한참 들여다보다 그만 덮는다. 누구나 그럴 때가 있지 않을까? 처음부터 나 혼자였던 듯한 기분에 사로잡히는 그런 밤. 외롭지만 누군가와 함께하기에는 성가시고 부대끼는 그런 기분의 밤. 연인이나 배우자가 있고 없고와는 큰 상관이 없는 종류의 지극히 개인적인 외로움. 오롯한 혼자만의 쓸쓸함. 게다가 모두 다 잠들었을 제법 늦은 시간이라면.

그럴 땐 그냥 아파트 주차장에 차를 세우고 동네 편의점에 들른다. 메뉴는 늘 거의 비슷한데, 캔맥주 세 개와 물에 데쳐 먹는 소시지 하나 정도. 아르바이트생에게서 건네받은 까만색 비닐봉투는 왼손에 들고, 오른손으로는 냉장고에서 방금 꺼낸 차가운 캔맥주 하나를 얼른 딴다. 그리고는 바로 한 모금.

'캬. 시원하다.'

알고 있는지 모르지만, 맥주는 앉아서 마실 때와 서서 마실 때 맛이 굉장히 다르다. 그냥 서서 마시는 것과 천천히 걸으면서 마시는 것도 그 맛이 다르니 못 믿겠다면 다들 한 번씩들 해보시길 바란다. 다들 아는 그 맥주 광고의 카피처럼 목 넘김이 다르니까.

조금 걷다가 동네 계단이나 놀이터 벤치 같은 데 잠깐 앉아도 좋다. 달도 환하고 바람도 시원하다면 더 바랄 게 없겠다. 봄에는 봄의 밤이, 여름에는 여름의 밤이, 가을에는 가을의 밤이 거기 있다. 겨울의 밤은, 음. 너무 추울 수도 있으니 패스.

늘 지나는 동네 놀이터와 계단이 조금은 다른 공간처럼 느껴지는 그 밤, 그냥 나 자신에게 몇 마디 건네도 좋겠다.
'수고했어. 잘 하고 있으니 너무 걱정 마.'
혹시 누가 본다면 조금 이상해 보이려나? 뭐 어떤가. 그냥 혼잣말 좀 하는 것뿐인데. 작지만 소리 내어 그렇게 나에게 말하고 나면 어쩐지 잔잔한 안도감이 생긴다. 그리 대단하지 않은 삶이지만 그리 나쁘지도 않다는 생각이 조금 더 견고해진다.

내가 나를 이해해주고
내가 나를 응원해주는 시간.

그렇게 천천히 캔맥주 세 개만큼만 외로워하다가 취기가 가볍게 오를 때쯤 집에 들어가면 된다. 아내는 졸음 가득한 눈을 비비며 기다렸는지 반갑게 웃으며 맞아준다.
"늦었네. 수고했어."

그래, 나쁘지 않다. 아무것도.

늦은 시간 다들 자느라고 못 본 반짝이고 환한 달도 한참 올려다봤고, 고단했을지 모를 나 자신에게 말도 좀 걸어봤고, 마시고 싶던 시원한 맥주도 한잔했고, 사랑하는 사람도 곁에 있으니.
그래, 나쁘지 않은 거다.
아니, 어쩌면 더할 나위 없이 좋은지도 모른다.
생각하기에 따라 상황은 달라지는 거니까.

가끔씩 외로움이란 건, 왠지 모르게 불편한 누군가의 얼굴 같다. 이유 없이 서먹하고 어색한 누군가의 얼굴. 이리 피하고 저리 외면하다 보면 점점 더 불편해지는 누군가의 얼굴. 그렇게 딱 얼굴을 마주하고 나면, 조금은 익숙해지는 것 같다. 조금은 친해지는 것도 같다. '아, 외로움이란 녀석도 그리 불편하고 무서운 녀석은 아니구나' 하는 생각이 든다. 그렇게 억지로라도 친한 척해놓으면, 최소한 매번 만날 때마다 놀라지는 않지 않을까? 어느 날 갑자기 찾아온 외로움이란 녀석 앞에 손쓸 새도 없이 한 번에 무너지는 일도 없을 테고 말이다.

더도 덜도 말고, 캔맥주 세 개만큼만 외로우면 된다. 그 정도만 외롭고 다음 날 아침을 만날 수 있다면, 그리 나쁘지 않은 거다. 그렇게까지 엄살 부릴 일도 아닌 거다.

누구나 그만큼은 외로운 거니까.

누구나 캔맥주 세 개만큼은 외로운 거니까.

아. 맞다. 물에 데쳐 먹는 소시지는 왜 산 건지 궁금하시다면.

글쎄. 캔맥주만 달랑 세 개 사면, 뭐랄까 그냥. 너무 외로워 보일까 봐?

신발장을 정리한다는 것은

신발장은 그런 곳이었다. 함부로 정리 같은 걸 하겠다고 섣부르게 팔을 걷어붙이고 그래서는 안 되는 곳. 신발을 정리하겠다고 문을 열었다가 지난 몇 년 치의 자신과 만나게 되는 곳.

물건을 켜켜이 쌓아놓고 하나도 못 버린 채 끌어안고 사는 그런 부류의 사람은 아니다. 결벽증이나 정리벽 같은 강박이 있는 것도 아니지만 그때그때 치운다면 치우는 편이고, 더 엄밀히 말하자면 나의 정리정돈은 가급적 어지르지 않는 것에서 출발한다.

'그것이 거기에 있는 상태'를 좋아한다. 말하자면 모든 것들이 제자리에 있는 상태. 손톱깎이는 손톱깎이의 자리에. 리모컨은 리모컨의 자리에. 주방가위는 주방가위의 자리에. 입고 나갔던 옷도 집에 돌아와 가급적이면 그 자리에 걸어두거나 세탁바구니로 향하거나 둘 중의 하나로. 소파나 의자나 아무튼 어딘가에 옷가지가 널브러진 상태를 웬만하면 만들지 않는데, 그게 내 정리정돈의 시작이자 끝이다.

여기까지만 들으면 너저분한 걸 싫어하고 늘 깨끗한 상태를 좋아하는 깔끔한 성격. 아주 틀린 건 아니다. 하지만 여기에는 함정이 있는데, 바로 잘 보이지 않는 곳들이다. 옷장이나 신발장 혹은 책상 서랍 속 같은 곳들. 누군가 문제 삼지만 않는다면 정리 같은 건 일절 하지 않은 채 그때그때 필요한 것들만 꺼내 쓰고 넣어두며 못 본 척 그냥 그렇게 몇 년쯤 아무렇지 않게 지내니 말이다.

얼마 전 정리란 걸 한번 해볼 요량으로 큰마음 먹고 신발장을 열었다. 내 신발만 해도 적지 않은 데다가 결혼 후 아내의 신발들이 새로 들어오니 신발장이 늘 포화 상태였는데, 겹쳐지고 포개진 신발들은 가끔 신발장을 열 때마다 답답한 기분마지 들게 했다. 어쩌자고 이렇게 사다 쌓았을까? 대충 어림잡아 훑어보니 절반 이상은 최근 몇 년간 한 번도 신었던 적이 없는 신발들. 그냥 신발장 안에서 자리만 한 칸 차지한 채 신발 본연의 역할은 수행하지 않고 있는 녀석들.

'반쯤 골라내서 다 버려야지, 오늘은.'

엄청나게 커다란 종이박스를 무기처럼 준비해두고, 겹쳐지고 포개진 신발들과 마주한다.

그런데 이게 참 신기하고 묘하다. 그냥 한 무더기의 신발들일 때는 안 그랬는데 한 켤레씩 꺼내서 보면, 뭐랄까 참 버리기가 그렇다. 한 켤레 한 켤레 다 뭔가 이유가 있고 이야기가 있다.

'흠. 말짱한데?'

'이것도 아직 괜찮고.'

'아. 이건 운동할 때 신으면 되겠네.'

'이 슬리퍼 발 엄청 편한데.'

'아. 이건 그때 유럽 여행 가서 사온 거구나.'

'와. 이 신발은 좀 비쌌는데, 그때 엄청 고민하다 산 거였지?'

'하. 이건 또 곧 유행이 돌아올 것 같은데.'

'가만있어보자. 이 신발 신고 점프하는 사진이 어디 있을 텐데.'

신발장을 열어둔 채로 몇 시간이나 만지작 만지작거리며 어느새 정리보단 추억 삼매경에 빠져버리고 만다. 신발 한 켤레를 손에 들고 종이박스와 신발장을 번갈아 보다가 슬쩍 원래 있던 신발장 속으로 다시 넣어둔다. 생각했던 분량의 3분의 1 정도밖에 골라내지 못했다. 누가 봐도 버려야 하는 유행 지나고 낡은 것들이 살아남기도 하고 아직 멀쩡한 새것 같은 신발이 버려질 운명에 처하기도 한다. 기준도 애매하고 계통도 미심쩍은 나만의 신발 분류. 아무튼 그렇게 몇 켤레를 종이박스에 담아 집 앞 수거함에 넣는 것으로 몇 년 만의 신발장 정리는 또 한 번 아쉬운 입맛을 다시며 마무리된다.

요즘은 미니멀한 라이프스타일에 관한 이야기들이 많다. 미니멀 라이프는 비우고 정리해서 생활에 필요한 최소한의 물건만을 가지고 만족과 행복을 추구하며 살아가는 '단순한 생활방식'이라는 의미. 요즘에는 여기에서 더 확장되어 물건뿐 아니라 일이나 사람과의 관계에까지 적용되는 듯하다. 불필요한 물건이나 일, 사람과의 관계들을 줄이고 정말 소중하고 본질적인 것에 집중하자는 삶의 태도가 아닐까 생각한다.
가끔 이런 미니멀 라이프를 추구한다는 사람들의 멋진 사진과 인터뷰를 보면 한편으로 부럽고 한편으로 대단하다는 생각을 한다. 인테리어는 깨끗하고 가구는 거의 없다. 모노톤의 차분한 공간과 역시나 심플한 스타일링. 그렇게 단출하고 심플한 삶의 방식은 멋지고 우아하지만, 아무리 생각해도 그 과정은 어쩐지 힘들고 어려울 것 같아 내 것 같지가 않다. 신발장 하나 정리하는 일도 어디 다른 세계로 떠나는 일처럼 이렇게 어려우니 나는 아무래도 미니멀 라이프를 실천하는 미니멀리스트가 되기는 어려우려나 보다.

다들 하나쯤은 가지고 있지 않을까? 좀처럼 치워지지 않고 좀처럼 정리되지 않는 신발장 같은 구석 말이다. 기억이든 물건이든 사람이든 버릇이든. 이제 쓸모는 별로 없는 듯한데 자리는 차지한 채로 가끔씩 생각나서 신경을 거슬리게 하는 그런 것들. 다 버리고 완전히 비우면 깔끔하겠지만 그게 참 어려운 삶의 구석구석들. 다 끌어안고 살기에도 깨끗이 버리며 살기에도 일상은 녹록지 않다.

매번 이렇게 쩔쩔매며 살겠지만,
뭐 하나 쉬이 버리지도 못하고 제대로 챙기지도 못한 채
늘 고민에 고민만을 거듭하겠지만,
그런 나라도 괜찮다.

어떤 건 버리고나서 아쉬워하고

어떤 건 못 버려서 후회하지만

버릴 만했으니 버렸을 테고 남겨둘 만했으니 남겨두었겠지.

그래, 그렇게 믿자.

미니멀한 라이프스타일을 추구하는

우아하고 모던한 멋쟁이는 못 되더라도

신발장 앞에서도 잠시 생각에 잠겨

추억 여행하는 건 누구보다 자신 있으니까 그걸로 괜찮다.

이제 쓸모가 다했더라도, 아무것도 하지 못해도

그 존재 자체가 쓸모인 것들도 있고,

아직 쓸 만하고 용도가 많은데도

별로 필요 없다고 느껴지는 것들이 있다.

물건도 사람도 그렇다.

나는 어떤 사람일까 싶어서,

나는 어떤 신발인가 싶어서,

괜히 신발장을 한 번 더 열어보았다.

당신이 한창

청포도를 씻는다.

방금 마트에서 사온 청포도를 꺼내 씻으며 왠지 나까지 덩달아 탱글탱글 윤이 나는 기분이 되어버린다. 틀어놓은 라디오 볼륨을 조금 올린다. 늘 듣던 DJ의 익숙한 목소리와 익숙한 음악. 들어주는 사람이 있으니 라디오는 살아 있다. 싱크대로 쏴아아 쏟아지는 시원한 물소리와 열어놓은 창틈으로 고개를 들이미는 초여름의 바람 내음. 어쩔 수 없이 빛나는 계절, 어쩔 수 없이 빛나는 포도알들, 어쩔 수 없이 한창인 많은 것들.

씻은 포도를 접시에 담아 소파에 앉는다.
청포도 알알들의 새콤달콤함. 그 투명한 연두를 맛보고 있자니 어느 순간 매미들이 쏴아아. 그야말로 초여름이 한창이다. 청포도를 입 안에 넣고 굴리며 포털 사이트의 과학면 기사를 보다가 보이저 1호 관련 기사를 읽게 되었다. 1977년에 쏘아 올려진 보이저 1호는 인간을 포함해 인간이 만든 모든 것들 중 인간과 가장 멀리 떨어진 곳을 혼자 여행하고 있다고 한다. 2018년 태양권계면을 완전히 벗어나 지금은 누구도 가본 적이 없는 성간우주로 진입해, 혼자 그렇게 묵묵히 어딘가로 나아가고 있다고 한다.
나는 깜깜한 우주를 홀로 가로지르고 있을 보이저 1호를 상상하다가 어쩐지 좀 슬퍼져 버렸다. 어쩌면 세상에서 제일 외로울지도 모르겠다. 보이저 1호는.
아무도 생각해주지 않는다는 건,
잊힌다는 건 아무래도 쓸쓸한 거니까.

초여름 지구에서 맛보는 청포도와 성간우주의 어둠 속으로 사라져가고 있을 보이저 1호는 한꺼번에 상상하기 어려울 만큼 너무도 멀리 떨어져 있지만, 이런 막연한 생각들을 하다가 나는 그냥 당신이 있어서 정말이지 다행이라는 이상한 결론에 도달해버리고 말았다. 당신이 없다면 나도, 보이저 1호만큼이나 외로웠을지 모를 테니까. 성간우주처럼 광활한 삶의 모든 순간들을 바라봐주고 들어주는 사람 없이 그저 홀로 어딘가로 하염없이 나아가기만 했을지 모르니까.

쏴아아 매미가 우는 동안 보이저 1호는 아마도 또 한 뼘쯤 지구에서 멀어졌을 테지만, 내가 이렇게 잠시라도 보이저 1호를 떠올려주었으니 어쩌면 그 외로움은 조금 나아졌을까?

당신이 있어 내가 나아졌듯.

나는 혹시라도 당신이 쓸쓸해지지 않도록 한참 동안이나 당신 생각을 하다가 청포도 몇 송이를 종이로 잘 싸서 저녁에 집에 돌아올 당신 몫으로 남겨둔다.

창밖에는 초여름이 한창이고,

요즘에는 청포도가 한창이고,

내 마음 속에는 당신이 한창이다.

한없이 빛에 가까운 속도로

한없이 빛에 가까운 속도로 움직이면 시간은 더디 흐른다고 했다. 아인슈타인이. 그래서일까? 누군가를 맘에 담으면, 한없이 빛에 가까운 속도로 그 사람을 향해 맘을 움직이게 되고 시간도 더디 흐르나 보다. 사랑하는 모든 사람들은 그래서 어쩐지 푸르고 젊다.

마음의 시력

•

망설임 혹은 머뭇거림.

다가가려는 나와, 그저 머무르려는 나.

나아가려는 나와, 이제 그만 안주하려는 나.

한 걸음을 떼어놓을 때마다 조심하고 또 조심하지만,

발에는 눈이 없고, 눈에는 발이 없다.

마음의 시력이 좋아졌으면.

그럴 때마다

늦은 아침. 이만큼 틈이 벌어진 커튼 사이로

부서지는 햇살에 등이 떠밀리듯 눈이 떠질 때.

그렇게 눈을 뜨는 하루의 시작이

마치 수억 년을 반복한 일처럼 지루해질 때.

그 시시한 하루의 첫 일과를

침대 시트 정돈하는 일로 시작하는 나를 만날 때.

정리한 침대 시트의 모서리 네 군데가 너무 네모반듯해서

다시 조금 헝클어놓는 내가 참 낯설어질 때.

그럴 때마다 나는 떠나고 싶어진다.

샤워 부스에서 물을 틀어놓고
한참 동안이나 아무 동작 없이 숨만 쉬고 있을 때.
샴푸는 깜빡하고 린스만 두 번 해버린 머리를 말리다
그 생경스런 푸석거림이 꼭 내 마음 같을 때.
늘 가는 곳에 가기 위해 늘 타는 차에서 시동을 걸다가
늘 내 곁에 있을 줄 알았던, 지금은 사라진 많은 것들이
신호등의 빨간불처럼 깜빡거릴 때.
그럴 때마다 나는 떠나고 싶어진다.

아무 일도 일어나지 않는 주말 오후. 도무지 울릴 기미가 보이지 않는 휴대폰을 지치지도 않고 물끄러미 들여다보다가, 어느 순간 화면이 바닥으로 향하도록 홱 뒤집어놓고는 밀린 설거지를 하고 있을 때.
찬물이 '쏴아아' 부서지는 싱크대에서 '뽀드득' 소리가 날 때까지 몇 번이고 그릇들을 닦다가 왠지 무슨 소리가 들린 것 같아 채 물기도 못 턴 손으로 후다닥 휴대폰을 향해 달려갈 때.
전화 비슷한 것도 오지 않은 휴대폰을 향해 거실까지 온통 물이 튀도록 슬라이딩 해온 내가 너무 우스워서 털썩 소파에 나뒹굴어지고 말 때.

그러다 문득 '도대체… 뭘 그렇게도 기다리는 걸까?' 싶어질 때.
그럴 때마다 나는 떠나고 싶어진다.

오랜만에 만난 친구가 너무 익숙해서 하나도 오랜만인 것 같지 않게 느껴질 때.
치킨에 생맥주를 시켜놓고 마주 앉아서 친구는 너무 들어서 거의 외운 옛날 얘기를 처음인 양 시작하고, 나는 지금까지 내가 먹어치운 닭이 몇 마리쯤이나 될까 속으로 헤아려보고 있을 때.
그래. 그럴 때마다 나는 떠나고 싶어진다.

자신이 원래 태어났어야 하는 곳을 향한 막연한 끌림.
누군가는 그것이 여행이라 했다.
아무 이유 없는 이끌림. 아무 이유 없는 그리움.
영화 〈세상의 중심에서 사랑을 외치다〉에서 아키가 꿈꾸던 호주의 울룰루처럼.

그런데 생각해보니, 나는 한 번도 그렇게 근사하게 떠나지 못했다. 그곳만 생각하면 가슴이 두근거리고, 그곳만 떠올리면 생기가 도는, 그런 치유의 장소가 아직 나에게는 없는 것 같다. 그렇게 생각하니 조금은 맥이 빠지지만, 그 또한 나.

다만 견디기가 싫어지면 떠났던 게 아닌가 싶다.
버티는 게 버거워지면 떠났던 게 아닌가 싶다.
싫은 걸 견디고 있는 내가 싫어지면
버거운 걸 버티고 있는 내가 버거워지면
아마도 나는 달아나는 사람처럼
비행기에 열차에 몸을 실었던 게 아닌가 싶다.

이곳만 아니면 지금보다는 나아질 것 같을 때,
이곳만 아니면 어디라도 상관없을 것 같을 때,
아마도 나는 도망치듯 떠났던 게 아닌가 싶다.

어쩌면 당신도 그랬을지 모른다.
어쩌면 당신도 나 같을지 모른다.

어쩌면 당신에게도 그렇게 대단한 치유의 장소 같은 건,

아직 없을지 모른다.

그곳만 생각하면 가슴이 두근거리고,

그곳만 떠올리면 생기가 도는,

그런 근사한 장소는 아직 당신에게도 없을지 모른다.

하지만 실망할 일은 아니다. 주눅들 일도 아니다.

어쩌면 그런 치유의 장소를 찾아내는 긴 여정이

여행이고 삶이 아닌가 싶기도 하다.

누가 그러던가? 달아나는 자가 모두 비겁하다고.

때론 '달아남'도 '머무름'만큼의 용기를 필요로 한다.

그러니 그럴 때마다 도망쳐보자. 그럴 때마다 달아나보자.

옷이건 책이건 근심이건 버리고 싶은 무엇이건,

암튼 여행 가방 안에 주섬주섬 챙겨 담고는

미지정의 시공간 위에 몸을 실어보자.

그러다 보면 언젠가 만날지도 모른다.

당신과 내가 원래 태어났어야 하는 곳을.

아키처럼.

한 달간 살다 오기

너무 뜨거웠거나 너무 차가웠겠지. 혹은 다소 넘치거나 다소 모자랐을 테고. 그 차이가 몇 도쯤인지, 몇 리터쯤인지는 정확히 알 수 없지만 알맞은 온도의 커피 한 잔을 마시는 일조차도 이곳에서는 불가능하다고 여겨질 때가 있었다. 변덕. 어느 날은 못 견디게 뜨겁고 주체할 수 없도록 넘치다가도, 어느 날은 시리도록 차갑고 속이 아릴 만큼 궁핍해지는 것.

생각해보니 살아간다는 게 다 그런 게 아닌가 싶다. 뜨겁게 데워지고 차갑게 식기를 반복하며 단단해지는 금속처럼 마음의 근육도 그렇게 천천히 담금질되는 게 아닐까 한다. 바닥이 다 드러나도록 마르고 갈라졌다가도 거짓말 같은 한 번의 빗줄기에 강물이 세차게 넘쳐흐르듯 삶의 순간들도 그렇게 건기와 우기를 거치며 조금씩 비옥해지겠지 싶다.

한 달은 적당한 시간이다.
너무 뜨거운 무언가를 알맞게 식히기에도,
너무 차가운 무언가를 적당히 데우기에도,
다소 넘치는 무언가를 조금 덜어내기에도,
다소 모자란 무언가를 이만큼 채워오기에도.

운이 좋게도 몇 개의 도시에서 한 달 남짓을 살아본 적이 있다. 처음엔 빈이었고 그다음은 파리였다. 그리고 그다음엔 제주였다. 세 번 모두 10년쯤이나 지난 일이다. 유럽도 그렇고 제주도 그렇고 그 이후에 몇 번 더 가보긴 했지만 역시나 그렇게 혼자 오롯이 한 달쯤을 머물렀던 그때의 여행들이 여전히 제일 선명하게 기억에 남는다.
나는 이런 여행을 그냥 '일상형 여행'이라고 부르는데, 다른 더 좋은 이름이 있을지도 모르겠다. 어하튼 늘 살던 곳이 아닌 다른 도시에 가서 한 달쯤 보통의 일상을 살다가 오는 방식의 여행이라고 해두자. 지금은 이런 '한 달 살이' 형태의 여행이 보편화되고 알려지면서 많은 사람들이 체험하거나 계획하지만 사실 그때만 해도 이런 여행을 많이 하지는 않았던 것 같다. 물론 직업이나 일 때문에, 혹은 생활 때문에 여전히 어딘가에 가서 한 달씩이나 머물다가 돌아오는 건 대부분의 사람들에게 어려운 일이겠지만. 그래서 나는 스스로도 굉장히 운이 좋다고 생각한다. 시간을 잘 조율하고 계획하면 그런 경험들을 할 수 있는 일과 직업을 가지고 있으니 감사할 따름이다.
하지만 역시나 내게도 그때의 여행들 이후로는 쉽지 않은 일이 되었다. 늘 이곳에서 이어지고 있는 생활들을 싹둑 자르고 한 달쯤 꼬리를 감추는 일이 내게도 이젠 점점 더 어려운 일이 되어가고 있다. 그때는 지금보다 어렸었고 어쩌면 지금보다 간절하지 않았을까 생각해본다. 지금은 그때보다 겁이 좀 많아졌고 어쩌면 그때보다 지킬 게 더 많아진 걸까 싶기도 하고.

시행착오가 있었지만 빈에서 머물렀던 한 달이 꽤 좋았던 나는 바로 파리행 비행기에 몸을 실었다. 한동안 빈에 있다가 도착한 파리는 아직 겨울이었지만 조금 더 따뜻했고 조금 더

웅장했고 조금 더 아름다웠고 조금 더 설레었다. 아아. 파리라니. 지나치게 들뜨고 설레는 마음은 어쩌면 금세 다시 외로운 마음으로 옮겨갈 수 있으므로 파리에서 머무는 한 달 동안 나는 규칙적이고 일상적인 여행을 하기로 마음먹었다. 역시 빈에서의 경험이 도움이 되었다.

다른 모든 것들처럼 여행도 할수록 느는 부분이 있나 보다. 여행을 더 잘한다는 말은 좀 우습지만 여행이라는 게 다니면 다닐수록 자신이 원하는 방식의 여행 쪽으로 점점 가까워지기는 한다는 생각이다. 한동안 머물 숙소를 정하고 짐을 풀고 난 후 당장이라도 가야 하는 멋진 관광지들 대신 나는 우선 숙소 근처의 작은 골목들과 빵집과 간단한 음식을 파는 식당들을 둘러보고 천천히 걸었다. 전철역과 담배(지금은 끊었지만 그때는 피웠다)를 파는 매점을 지나 카페에 앉아 오가는 사람들을 구경하며 나는 파리라는 도시의 여행자로 조금씩 익숙해져 갔다.

하루에 한두 군데 이상의 유명 관광지는 가지 않는다는 것이 내 기본 계획이었다. 파리의 외곽을 돌아보기 위해 파리 밖으로 나가거나 다른 도시로의 이동도 하지 않는 것이 원칙이었다. 가격이 좀 비쌌던 1구에서 멀지 않은 곳에 숙소를 정한 것도 좀 무리해서라도 가급적이면 짧은 시간 안에 전철과 도

보로 파리 시내를 둘러볼 수 있게 하기 위함이었다.
산책 나가듯 숙소를 나와 동네를 어슬렁거리다 커피와 크루아상 같은 걸로 끼니를 해결하고 전철을 타고 미술관이나 박물관을 찾아 온종일을 그 안에서 놀다 숙소로 돌아오곤 했다. 루브르나 오르세는 아마도 서너 번씩 출퇴근을 했던 것 같다. 샹젤리제건 마레지구건 몽마르트르건 에펠탑이건 '보고—배경으로 사진 찍고—이동'하는 식의 일정은 없었다. 정성껏 어슬렁거리고 최대한 앉아 쉬고 성의껏 기웃거렸다. 파리의 사람들을 보고 파리의 시간을 구경했다. 저녁에는 혼자 와인을 마시며 레스토랑에서 식사를 하기도 하고 가끔은 파리의 야경을 바라보며 맥주를 마시다 혼자 제법 취해버리기도 했다. 술과 야경에 모두.
생각해보면 참 이상한 여행이었다. 나는 그때 제법 시간적 여유가 있었는데도 그런 여행 방법을 택했던 건 어떤 이유에서였을까? 비슷한 기간 동안 충분히 더 많은 도시와 나라를 돌아볼 수 있었음에도 나는 그렇게 느슨하고 뭔가 게으른 여행을 택했던 것이다. 시간을 낭비한 것인지 벌어온 것인지 분명치 않았는데, 오래 지나 돌이켜보면 잘한 일이었다. 나는 아마도 그 한 달 남짓의 여행 동안 몇 년을 버틸 만한 무언가를 벌어온 건지도 모르겠다. 천천히 차오르는 게 있었던 여행이었다. 분명히. 그게 시간이건 나이건.

그때의 나는 무언가 고갈되고 있다고 느끼기 시작하는 시점이었던 듯하다. 가사를 쓰거나 곡을 만드는 일이 결국은 내 안의 무언가를 꺼내어 글과 멜로디로 교환하는 식의 작업인데, 꽤 많은 곡과 가사들을 단기간에 소화하다 보니 더 이상 꺼내어 쓸 내가 없는 게 아닌가 싶어졌었다. 늘 마감에 시달리는 일상도 어쩌면 조금 힘들었겠지. '감성이 다 닳아 없어지고 아이디어의 바닥이 허옇게 다 드러나면 그땐 어쩌지?'라는 불안한 생각이 스멀스멀 피어오르기 시작했었다. 더는 한 줄도 쓸 수 없다고 생각했다. 그때는.

늘 다니던 길 위에서 길을 잃을 때,
어디로 가야 하는지 도무지 알 수 없을 때,
여행은 시작된다.

낯선 시간과 공간 위에서 아마 나는 그냥 그대로 계속 가도 좋다는 믿음 같은 걸 얻어오고 싶었나 보다. 서툰 여행자의 신분이지만 평범한 일상을 살아보면서 골목골목의 길들을 발견하고 걸어보고 그 일부가 되어보고 싶었나 보다. 외롭고 두려웠던 무언가가 편하고 익숙해지기까지 자신에게 한 달

정도의 시간을 주고 천천히 기다려보는 그런 여행이 아니었나 싶다. 파리에서의 한 달은.

그리고 그건 실제로 효과가 있었다. 파리에서의 한 달이 지날 무렵에 나는 제법 그 도시가 익숙해졌고 더는 그렇게 외롭지 않았고 그곳에서의 시간과 생각들이 차곡차곡 내 안 어딘가에 쌓여 있다는 걸 알 수 있었으니까. 그때 내가 입었던 코트의 질감이나 그때 거닐던 거리의 색감, 공기의 밀도까지 세세하게 기억이 난다. 의외로 찍어놓은 사진이나 구체적으로 떠오르는 에피소드들은 그다지 많지 않은데, 그때의 이미지나 순간순간의 분위기만큼은 어제처럼 선명하니 신기한 노릇이다. 아마도 혼자 조용히 걷고 기웃거리고 생각하고 그냥 생활한 것이 여행의 거의 전부였기 때문이 아닐까 싶다. 그해 파리에서의 한 달은 그 뒤로 10년쯤 내게 새로운 가사와 곡을 쓰고 만들 만한 무언가를 조용히 채워주었음이 분명하다. 그러니 나는 그해 파리에서 시간과 함께 돈도 좀 벌어온 셈이라고 말해도 아주 억지는 아니다.

제주에서의 한 달은 손님 맞는 재미가 있었다. 사실 그전의 한 달짜리 여행과는 좀 달랐는데, 써야 하는 글과 곡 때문에 제주에서 한 달을 머물기로 한 것이었다. 여름이 끝나고 가을

이 막 시작되는 무렵이었다. 애월 쪽에 먼발치로 바다가 보이는 작지만 근사한 숙소를 정하고, 역시나 오전에는 동네를 걷고 둘러보다가 낮에는 주로 숙소에서 글을 쓰거나 곡을 썼고 저녁이면 맥주를 한잔하는 정도가 일상인 여행이었다.
그때는 아직 제주에 대한 관심이 지금처럼 들끓기 전이었다. 제주는 조용하고 한적했다. 주중에 하루 이틀은 어시장에도 나가보고, 사람들과 바다를 구경하고 한라산에도 가보고 곶자왈이나 오름도 찾아 오르곤 했다. 해변이나 바다도 좋았지만 중산간에도 아름다운 곳이 참 많구나, 하고 매일 감탄했던 기억이 난다. 사실 감탄했던 곳 중에는 운전을 하고 돌아다니다 우연히 만난, 어디인지조차 모르는 목장이나 이름 모를 길들도 많았는데, 그런 멋진 곳에 렌트한 차를 잠깐 세워두고 혼자 음악을 듣거나 글을 썼던 순간들은 지금 생각해도 너무나 좋은 기억이다.
제주에서의 한 달을 친구들이나 선후배들에게 잔뜩 떠들어 놓았던 터라 주말이면 한두 명씩 내가 있는 제주로 놀러 오곤 했다. 일본 오키나와에서 공연을 마치고 사케 한 병을 들고는 배를 타고 제주에 들러준 후배 록 뮤지션 L도 있었고 두 번이나 놀러 와준 친구와 선배도 있었다. 여행자 신분으로 손님을 맞는 기분은 묘했다. 즐거웠고 신기한 경험이었다. 같이 한

두 군데 맛집을 찾아 술을 한잔하고 숙소에 돌아와 캔맥주로 2차를 하고 숙소 마당에서 별을 올려다보며 싱거운 얘기를 나누었다. 대단하지 않은 얘기들이었지만 대단히 즐거웠다. 요즘도 후배 로커 L과는 가끔 그때 이야기를 한다.
제주에서의 한 달이 끝날 무렵 나는 쓰려 했던 글과 곡을 대부분 마무리했고 정말 맛이 좋은 밥집 몇 군데와 단골 술집 한두 군데와 좋아하는 바다 두어 군데와 예쁜 길 몇 군데를 가지게 되었었다. 많은 사람들이 제주를 찾는 건 좋은 일이겠지만 개인적으론 아쉽게도 그 후 제주는 놀랍고 급격하게 변해버려서 그곳들 중 몇 군데는 이미 없어져 버렸다. 여전히 협재와 세화의 바다는 그때처럼 예쁘지만.

늘 지내던 곳이 아닌 어딘가에서 한 달쯤을 살다 오는 일은 매력적인 여행이다. 여행과 일상의 경계 어딘가에서, 낯섦과 익숙함 사이 그 어딘가에서 한 달이라는 시간은 적당한 균형을 찾을 수 있게 해주는 지점이 아닌가 한다. 그 정도의 시간이면 무언가를 해볼 수 있었다. 아니, 하지 않아볼 수 있었다. 그 한 달이라는 시간 동안 너무 뜨거웠던 것은 조금 식었고, 너무 차가웠던 것은 조금 데워졌고, 너무 비었던 것은 조금 찼고, 너무 넘쳤던 것은 조금 비워졌다.

쉬운 일은 아니다. 누구에게나 한 달씩이나 살던 곳을 비워두는 일은. 생활은 언제나 우리에게 완전한 자유를 허락하지 않으려 한다. 묶고 매어두려 한다. 생활이란 원래 그런 것이다. 그러니 그걸 털고 일어나 한 달씩을, 몇 번이나, 어딘가로 떠났다 돌아올 수 있었던 나는 운이 좋았거나 무모했던 것이겠지. 그 여행 때문에 나는 무언가를 얻었을 테고 무언가는 잃었겠지만 잃은 건 굳이 생각하지 않았다. 가만히 있어도 늘 무언가를 잃게 하는 게 시간이니 한 달이라는 여행의 시간을 쓰고 작은 무언가라도 얻은 게 있다면 아까울 건 하나도 없지 않을까?

나는 어디에서건
한 달쯤이면 익숙해질 수 있는 사람이다.
말이 안 통해도, 춥고 외로워도
한 달이면 괜찮아지기 시작하는 사람이다.
그러니 낯설고 힘든 무언가와 만날 때마다
나는 가끔 그 한 달들을 떠올린다.

그대로 나아가면 된다. 걷고 기웃거리고 사람들을 구경하고 그렇게 일상을 꾸려나가다 보면 안 괜찮던 것들도 괜찮아지곤 한다. 한 달의 여행들이 내게 준 것들이다.

지금도 그 도시들을 생각하면 지하철 노선표와 자주 가던 밥집들이 머릿속에 그려진다.

한 달은 그런 시간이다.

횡단보도 앞에서

오존주의보와 미세먼지 경보가 발령된 늦은 봄의 한낮이었다. 전날 마신 술은 아직 덜 깬 듯했고 낮부터 업계 사람들과 별로 내키지 않는 술 약속이 또 있었다. 택시는 지독하게도 잡히지 않았고 햇살이 가득 부서지고 있었다. 길을 건너 택시를 잡으려 횡단보도 앞에 잠시 멈추어 섰다.

나뭇잎은 연두에서 초록으로 색을 바꾸어가고 있고
바로 옆 공항버스 정류장에는 큰 여행 캐리어에 기대 공항 가는 버스를 기다리는 사람이 둘.
길 건너 커피 가게 옆 편의점 주인아저씨는 실내가 답답했는지 밖에 나와 기지개를 켠다.

'이렇게 살아도 좋은 걸까?'

누군가는 가슴 설레는 여행을 떠나고 있고
누군가는 몰려드는 졸음을 쫓으며 열심히 일하고 있는데,
팔자 좋게 낮술이라니.

그렇게 잠시 멈춰 서 있었더니
다시 나아가도 좋다고 한다.
친절한 적록의 신호가 나아가도 좋을 순간을 알려주고
산뜻한 화이트 스트라이프가 벗어나면 안 될 공간을 일러준다.
멈춰 서야 할 순간과 나아가야 할 때,
기다려야 좋을 위치와 건너감이 마땅한 공간.

늘 이렇듯 분명하다면 얼마나 좋을까.
하지만 삶이라는 도로는 그렇게 상냥하지가 않고
마음이라는 신호등은
삶의 중요한 순간마다 불규칙한 점멸만을 거듭한다.
그래서 우리는 가끔,
개념 상실의 위험천만한 무단횡단을 하기도 하고
갑자기 불어난 강물 앞의 아이처럼
그저 하염없이 서 있기도 하나 보다.

그렇게 내가 내키지 않는 낮술을 마시러 가기 위해 길을 건너는 사이, 공항버스는 기다리던 사람 둘을 태워 떠났고, 편의점 주인아저씨는 기지개를 멈추고 다시 계산대 앞에 웅크려 앉았다.
두 사람의 여행은 이제 곧 시작될 것이고, 편의점 아저씨는 오늘 하루 몇 번 더 고단한 몸으로 기지개를 켤 것이다.
나는 망설이다 택시를 잡아 약속 장소로 향했고
삶은 그렇게 계속된다.

혹시 당신은,

'이렇게 사는 게 정답이야'라고 말할 수 있을까?

정답 같은 건 처음부터 없을지도 모른다고 생각한다. 잠시 멈추고 다시 나아가며 모든 삶은 계속될 뿐이다. 그토록 내키지 않아 망설이던 그날의 낮술 자리에는 생각보다 좋은 사람들과 기대보다 풍성한 이야기들이 하나 가득 넘쳐났다. 지나고 보니 가지 않았으면 아쉬웠을 자리.

여행과 편의점과 낮술. 각각의 단편적인 상황만으로는 누가 더 잘 살고 있는지 말할 수 없다. 아니, 누가 더 잘 살고 있는지 같은 건 애초에 그리 중요하지 않은지도 모르겠다. 매일매일을, 모든 순간을 생산적으로만 보내는 게 꼭 잘 산다는 뜻은 아니라고 생각한다. 쓸모없다고 생각했었던 것들의 쓸모를, 살다 보면 심심치 않게 경험하게 되니까. 예를 들면 낮술 같은 것들.

그냥 각자의 시간을 살면 된다.

오늘은 좀 맘에 안 들어도

내일은 또 다를 테니까.

오늘 잠시 멈추었다면

내일 다시 나아가면 된다.

삶은 그렇게 계속된다.

감기의 순기능

갑자기 목과 코 사이가 따끔거린다. 평소보다 눈이 아프고 침침해지기 시작하고, 몸 전체에 기운이 없고 나른하다. 때에 따라 다르지만 대개의 경우 얼굴 전체에 열감이 있고, 밤이 되면 으슬으슬 추워지고 근육통을 동반하기도 한다. 이쯤 되면 누구나 깨닫게 된다.

'감기다.'

감기는 신기하게도 정말 아프면 안 되는 시점에 찾아온다. 중요한 시험이 코앞일 때, 회사에 할 일이 산더미처럼 쌓여 있을 때. 소개팅을 앞두고도 찾아오며, 아무튼 무언가 중요한 일을 앞두고 있을 때마다 어김이 없다.
감기가 찾아오는 방식은 다양하지만, 타이밍만큼은 늘 '이토록 중요한 순간들'이다. 목이 아프면 큰일 날 순간에 목이 아파오고, 기침을 하면 실례될 자리일 때 기침은 시작된다. 얼굴이 부으면 망하는 시점에 열이 나기 시작하고, 온종일을 몸으로 부딪쳐야 할 때 근육통이 찾아온다. 일이 이쯤 되고 보면, 우리는 아픈 것을 넘어서 짜증에 가까운 기분에 휩싸이게 된다. '도대체 왜 이 판국에 감기까지 걸리고 난리야.' 왠지 화가 나는 것도 어쩔 수 없는 사실이다. 하지만 우리는 얼른 평정심을 회복하려 애쓴다. 이내 자신에게 주문을 건다. '나을 거야. 곧 나을 거야.' 터무니없이 자기 몸이 가진 자연 치유능력에 큰 기대를 걸게 된다. 바이러스와의 싸움에서 스스로의 면역력만으로 승리할 것이라는 막연한 기대.

자신을 맹신하는 단계이다.

이불을 푹 덮어쓰고 땀을 내며 자면 다 나을 거라는 둥 소주에 고춧가루를 타서 마셔야겠다는 둥 근거 없는 한두 가지 민간요법을 행하는 것으로 우리는 감기와 만난 첫날을 그냥 그렇게 보내게 된다. 거기에는 늘 막연한 기대가 따른다. '왠지 나는 나을 것 같은' 이상스러운 기분. 감기 때문에 중요한 시험을 망치고, 꼭 끝내야 하는 회사 일을 끝내지 못하고, 기대했던 소개팅에 최악의 몰골로 나가게 되고, 오래 준비한 중요한 무언가를 엉망으로 만들고 싶지 않으니까. 하지만 알다시피 그렇게 쉬이 나을 리가 없다.

자고 나면 대부분 어제보다 상황은 악화되어 있다. 목은 퉁퉁 부어 목소리는 남의 것이 되어 있고, 기침은 시도 때도 없이 튀어나와 파편을 분사하고, 콧물은 수돗물처럼 쉴 새 없이 흘러내린다. 근육통 때문인지 걸음걸이도 어딘지 좀비 같다. 기대 반 오기 반 버티던 하루 이틀을 넘기고 나면, 우리는 어쩔 수 없이 약국에 가거나 병원을 찾는다. 찾아간 약국이나 병원에서의 자신을 돌아보라. 확실히 겸손해져 있다. 목소리도 작아지고, 몸동작은 느릿해졌으며, 표정은 뭔가 한풀 꺾인 사람처럼 착해져 있다. 말투도 평소보다 공손해져 있다.

타인에게 의지하게 되는 단계이다.

의사나 약사에게 자세하게 증상을 설명한다. 누군가에게 본인의 증상을 설명하는 것만으로도 왠지 조금 나아지는 느낌이 든다. 의사나 약사가 말하는 '해야 할 것'과 '하지 말아야 할 것'을 하나하나 챙겨 들으며 고개를 연신 끄덕인다. 사실 다 아는 이야기인데도 왠지 더 감사히 듣는다. 편도선을 체크하기 위해 '아~ 해보세요'라고 하는 의사에 말에 '아…' 하고 소리를 낸다. 실제로 소리를 낼 필요까지는 없는데 말이다. 필요 이상으로 말을 잘 듣는다는 얘기다. 이 시기에 우리가 의사나 약사의 말을 경청하듯 언제나 누군가의 이야기를 잘 듣고 헤아릴 수 있다면, 아마 우리는 상당히 높은 인성의 완성형 인간이 될지도 모른다. 하지만 사람이라는 게 그렇지 않다. 아프니까 가능한 일이리라.

내 힘으로는 도저히 나을 수 없을 것 같은 무언가를 누군가는 낫게 해줄지도 모른다는 사실에 안도한다. 역시 세상은 혼자 살아가는 게 아니라는 짧은 깨달음도 얻는다. 피로와 과로에도 불구하고 무리해가며 피우고 마신 담배와 술 같은 것들이 원망스러워진다. 반드시 끊어야겠다는 다짐도 한다. 주사를 맞고 약을 처방받아 나온다. 이제 약도 받았고 주사도 맞았고 생활 수칙까지 챙겨 들었으니 감기는 곧 나을 거라는 생각을 하며 휘적휘적 집으로 돌아온다. 하지만 그리 쉬이 나을 리가 없다.

온종일 집에서 휴식을 취한다. 목에 수건을 두르고 전기담요까지 꺼내 침대 밑에 깔아둔다. 커피를 마시는 대신 생강차나

유사차로 비타민을 보충한다. 비타민 과다에 이를 만큼. 평소에 거들떠도 보지 않던 멀티비타민제까지 챙긴다. 약을 먹어야겠다는 생각이 드는 순간, 종일 아무것도 먹지 않았다는 걸 깨닫는다. 죽이라도 먹어야 하련만, 가족이 있건 없건 결혼을 했건 하지 않았건, 마땅히 챙겨줄 사람은 없다. 다들 일터로 나갔거나, 바쁘거나, 우리의 감기까지 신경 쓸 여유는 없다. 친한 친구 몇몇에게 문자도 하고 전화도 해보지만 '잘 먹고 푹 쉬어'라는 간단한 대답만 돌아온다. 갑자기 외롭고 서글퍼진다.

사람이 그리워지는 단계이다.

누군가 옆에 있어주기만 해도 감기가 싹 나을 것 같아진다. 누구 하나 죽 한 그릇 사다 주지 않는다는 사실이 괘씸하고 인간미 없게 느껴진다. 왠지 내가 아는 사람들 모두가 허깨비처럼 생각된다. 하지만 입장을 바꿔 생각해보라. 당신은 과연 누구의 감기약과 죽 한 그릇을 챙겨보았는지. 이 단계에서 누군가의 호의나 문안을 받는다면, 게다가 그 사람이 이성이라면, 연인으로 발전할 가능성마저도 점쳐볼 수 있다. 사람이 미친 듯이 그리워지는 단계이므로 자신에게 호의를 베푸는 이성이 스스로의 이상형에 근접해 있는 것으로 보일 수 있기 때문이다. 어금니를 꽉 깨물고 동네 죽집으로 죽을 사러 나간다. 전복죽을 주문한다.
'특'으로.
보상심리다. 집으로 돌아와 '특' 전복죽을 한 그릇 다 비우고 감기약도 챙겨 먹는다. 일찍 잠자리에 들려고 하는데 그제야 시험과 밀린 일들과 소개팅과 중요한 일들이 떠오른다. 하지만 마음은 겸손하다. 아프기 때문이다.

이제 단계는 체념의 경지에 다다른다.

바로 내일로 닥친 일들이니 조바심내지 않기로 한다. 다만 오늘 푹 자고 내일 감기가 싹 나아 있길 바랄 뿐이다. 불을 끄고 일찍 잠자리에 든다. '감기만 나으면 다 잘할 수 있는데'라는 말풍선이 누워 있는 내내 쉴 새 없이 머리 주위에 달린다. 그리고 이내 그 말풍선은 '감기만 나으면 진짜 열심히 살아야지'로 바뀐다. 하지만 그리 쉬이 나을 리가 없다.
다음 날 우리는 그저 오늘만 대충 수습하는 심정으로 하루를 살아낸다. 감기약으로 인해 정신은 몽롱하고 종일 졸리다. 하지만 하지 않을 수 없는 일들이다. 그러니 해낸다. 이제 감기의 증상들은 조금 누그러졌지만, 그래도 개운한 상태는 아니다. 이 사람 저 사람의 '괜찮냐?'는 안부를 들으며 우리는 해야 하는 일들을 그럭저럭 해낸다. 사람들의 위로가 눈물 나게 고마워진다. 가끔 평소보다 실수를 할 수도 있지만, 일 자체를 그르칠 정도는 아니다.

이제 감기와 우리는 하나가 되는 단계로 접어든다.

우리는 그 지독한 감기를 종일 달고도 큰 사고 없이 하루를 무사히 마쳤다. 시험을 봤고, 해야 할 일을 마무리했고, 소개팅을 치렀고, 아무튼 중요한 하루를 버티어 살아낸 것이다. 정상적이지 않은 몸 상태로도 그 일들을 무사히 마친 내가 대견해지기 시작한다. 왠지 컨디션만 좋아진다면 무슨 일이든 해낼 수 있을 것 같아진다. 절대 무리하지 않고 과일을 챙겨 먹고 약을 챙겨 먹고 일찍 잠자리에 들기로 한다.

감기는 늘 중요한 시점에서 찾아온다. 하지만 삶에서 중요하지 않은 시점 같은 건 없는지도 모른다. 감기가 찾아왔기 때문에, 그리고 그로 인해 평소처럼 정상적으로 살 수 없기 때문에 그 시점이 더 중요하고 아깝게 느껴지는 것뿐이다. 평소에 하던 걸 할 수 없고, 평소에 먹던 걸 먹을 수 없어지니 불편해지는 것이다. 그리고 그렇게 불편해지고 나면, 평소에 당연한 일상이라고 여기던 모든 것들이 고마워지고 그리워지는 것이다. 짜증이 났다가, 화가 났다가, 겸손해졌다가, 외로워졌다가, 체념하게 되는 단계를 거치는 것이다.
우리는 감기가 찾아오기 전에 무언가 감기에 걸릴 수박에 없는 사소하지만 필연적인 실수를 한다. 연이어 무리해서 일을 한다거나, 과로의 와중에 술을 많이 마신다거나, 일교차를 무시하고 얇은 옷을 입고 돌아다닌다거나, 중요한 일 앞에 지나치게 긴장한다거나 하는.

나는 감기가 겸손해지는 약과 같다고 생각한다. 자칫 건방져지고 자칫 과해지기 쉬운 것들로부터 우리 자신을 방어해주는 면역세포 같은 것이라 생각한다. 너무 많이 일했으니 쉬라 한다. 너무 많이 놀았으니 또한 쉬라 한다. 너무 긴장했으니 쉬라 한다. 그렇게 며칠 쉬면서 나의 소중한 것들을 돌아보라 한다. 그렇게 감기에 걸려 지내는 며칠 동안 우리는 평소보다 겸허해지고, 착해지고, 느려지고, 조용해진다. 그리고 무엇보다 그 '평소'가 가지는 고마움을 깨닫게 된다.
그래서 나는 감기가 좋은 약이라고 생각한다. 그대로 방치하

변 너 나빠지기 쉬운 몸과 마음을 돌보게 해주고, 그대로 두면 망각해가는 사소한 것의 고마움과 일상적인 것의 대단함을 깨닫게 해준다.
내가 생각하는 감기의 순기능은 말하자면 이런 것들이다. 감기에 순기능 같은 것이 있다고 말한다면 의·약학계 분들은 웃을지도 모르지만 말이다.

목욕이 좋아

시간에는 '기대치'라는 게 존재한다.

그 시간 속에 부여되는 기대치의 강도에 따라 어떤 시간은 그저 별것 아닌 밍밍한 시간이 되기도 하고, 어떤 시간은 행복으로 충만한 달콤한 시간이 되기도 한다는 말이다. 시공간이 상대적 물리량이라는 걸 처음 알아냈다는 아인슈타인의 이름까지 굳이 들먹이지 않더라도, 다들 알다시피 보고 싶은 누군가를 기다리는 시간과 보기 싫은 누군가를 기다리는 시간은 하늘과 땅 차이일 테니까.

목욕을 좋아한다.
혼자 살던 싱글일 때도 그랬고 결혼을 하고 아내와 함께 사는 지금도 달라지지 않는 취향 중 하나다. 고단했던 평일 저녁에 집에서 하는 목욕도 좋아하고, 한가한 일요일 오전에 털레털레 동네 공중목욕탕에 가는 일도 좋아한다.
꼭 목욕이어야 하는 날이 있다. 온종일 무언가에 열중하다 돌아온 날. 그것이 일이건 사람이건 운동이건 간에 적잖이 고단했다고 느껴지는 날. 집에 돌아와 하루를 조용히 마무리하기에는 역시나 목욕만 한 것이 없다. 욕실 안 작은 욕조에 물을 받는 동안 나는 냉장고에서 꺼낸 물 한 잔을 마신다거나 우편물을 확인하는 따위의 일들을 한다. 음악을 조금 크게 틀어도 좋고, 아내가 집에 있다면 그날 하루 있었던 일들에 대해 간단히 얘기를 나누어도 좋다.
어찌 되었건 그 사이 욕실 안쪽에선 내가 원하는 온도와 습도로 나를 맞아줄 따뜻하고 안락한 세계가 새롭게 생성되고 있다. 그 사실만으로도 그 순간 나는 충분히 행복하다.
조금 이른 시간이라면 아내와 함께 저녁 메뉴를 정하기도 하고, 이미 저녁 시간이 훌쩍 지난 후라면 차가운 캔맥주를 사러 잠깐 집 앞 편의점에 다녀와도 좋다. 저녁 메뉴를 정하고 캔맥주를 냉장고에 넣어두고, 아무튼 그렇게 욕조에 물이 받아지는 동안, 그 얼마간의 시간을 나는 참으로 좋아한다.

이미 확보된 행복 바로 직전에,
어쩌면 사람은 가장 행복할지도 모른다.

왜냐하면 나는 조금 있으면 행복해질 사람이므로.
욕실 안쪽은, 나를 행복하게 해줄 만반의 준비를 갖추는 중이므로. 비록 온도와 습도로만 이루어진 단출한 행복이지만 그 시간이 나에게 가져다주는 위로와 온기는 그 어떤 것과도 바꿀 수 없는 평화로운 시간이므로.

그렇게 원하는 시간 동안 원하는 양의 물이 원하는 온도로 다 받아지면 나는 온종일 나를 감싸고 있던 하루 치의 허물을 벗고 욕실 안, 새로운 세계로 들어선다. 욕조 속에 몸을 담그면 누가 시킨 것도 아니고 배운 것도 아닌데 '음' 소리가 절로 난다. 나는 약간의 인위적 노력과 연출도 섞이지 않은, 그 자연스럽고 본능적인 감탄사를 사랑한다.

뿌옇고 따뜻하고 촉촉한 소행성.

과부하 걸린 회로처럼 복잡했던 머리와 수세미처럼 고단했던 몸이, 신기루처럼 자욱한 수증기 속으로 점점이 미분화되어 사라지는 기분이 든다. 눈을 감고 가만히 심호흡을 하면 대양의 한가운데에 떠 있는 나를 만나기도 하고, 숨을 참고 머리까지 욕조 속에 깊숙이 담그면 무중력 상태의 먼 우주 한 공간을 유영하고 있기도 하고 기억하고픈 시점 어딘가로 단번에 시공을 이동하기도 한다. 시간은 아주 멈추었거나 그 흐름을 감지할 수 있을 만큼 느리게 움직이고, 외부 세계와는 완전히 차단된 욕실 안쪽은 오직 나를 위해서만 존재하는 소우주 끝자락의 한 조각이 된다.

물이 살갗에 닿는 느낌. 손으로 발로 꼼지락대면 물결이 찰랑이는 소리. 몸보다 약간 더 높은 온기가 물에게서 나에게로 천천히 전해지는 느낌. 그것은 사랑하는 사람을 안고 있을 때처럼 따뜻하고, 그리운 시절을 만날 때처럼 나를 안도하게 한다. 그렇게 한동안 가만히 욕조 속에 몸을 담그고 있으면 하루 동안 내 몸에 들러붙어 있던 불필요하고 쓸모없는 것들, 예컨대 불만과 고민과 불안과 욕심의 부스러기들이 한 겹 한 겹 물에 녹아 두 개의 수소와 한 개의 산소 사이 그 어딘가로 용해되어 사라지는 느낌이 든다.

샤워와 목욕은 다르다. 몸을 씻는 일이라는 아주 일차원적인 행위로서 비슷할 뿐 내용도 다르고 이야기도 전혀 다르다. 샤워가 시작이라면 목욕은 끝이고, 샤워가 준비라면 목욕은 마무리이다. 샤워가 상승이라면 목욕은 침잠이고, 샤워가 흐름이라면 목욕은 머무름이다. 샤워가 아침이라면 목욕은 늦은 저녁쯤이다.

그저 물과 온도와 습도만으로 이루어진,
비누 향과 샴푸 내음만으로 이루어진,
상상과 추억만으로 이루어진
간단하고 오롯한 목욕을 나는 사랑한다.

그렇게 욕조 안에 몸을 담그고 나는 이런저런 궁리를 한다. 무언가를 돌아보기도 하고, 무언가를 그리워하기도 하며, 아직 손대지 못한 새로운 것들에 대해 골몰하기도 한다. 그렇게 궁리한다고 해서 삶이라는 게 딱히 원하는 방향으로 움직여질 리 만무하지만, 그조차도 없는 것에 비하면 참으로 다행이다 싶을 때가 많다. 내게 목욕은 그런 시간이다. 잊어버리고 살았던 반가운 것들을 불현듯 떠오르게 해주고, 꼭 잊고 싶은 무언가를 천천히 잊어가게 해주기도 한다.

목욕을 하면서
만나고픈 기억들은 비눗방울처럼 부풀어 오르기도 하고,
목욕을 하면서
씻어내고픈 기억들은 머리를 감듯 씻겨지곤 한다.

어린 시절의 일요일, 아버지의 손을 잡고 찾던 한가로운 동네 목욕탕을 생각나게 하고,
목욕이 끝나고 볼이 빨개진 내게 사주시던 바나나우유의 달콤한 맛을 상상하게 하는 것.

마음속까지 따뜻해지는

목욕이 좋다.

III

알맞게 낡아준 소파 같은 사람

사람의 온도

•

누군가의 체온이 누군가에게로 전해지는 순간들은

어쩌면 우리의 삶에서 가장 중요한 순간들이다.

잡았던 손과

기댔던 어깨로

그리고 안았던 가슴과

짚어보았던 이마의 온기로

우리는 누군가를 기억하고

누군가에게 기억되는 법이니까.

잘 나누어주고 나누어 받아

평온한 온도의 사람이 되어가길. 나도. 당신도.

행복한 미열

내가 감기에 걸린 다음 날,

당신에게도 감기가 옮아버렸다.

종일 나는 감기보다 그게 더 아팠다.

그런데 당신은 나눠 아파 좋다며 웃는다.

더 잘 살아야겠다고 생각했다.

당신에게 좋은 것만 옮길 수 있도록.

행복한 미열이 며칠쯤 더 갔다.

열이 내리고 감기가 나을 무렵 나는

사람의 정상체온이 36.5도인 게

당신과 365일 함께하라는 뜻인 것만 같아서 웃었다.

이틀날 아침

이튿날 아침이면 좋겠다.

내가 당신에게 무언가 되어줄 수 있다면.

그러니까 내 말은, 내가 당신에게

이튿날 아침 같은 사람이 되었으면 한다는 얘기다.

'이튿날 아침.'

꽤 오랜 시간 비행기를 타고 나서야 도착한 깜깜하고 낯선 여행지. 도시의 밤 풍경 같은 건 둘러볼 새도 없이 물어물어 겨우 찾아 묵게 된 허름한 숙소. 아무것도 없이 네모반듯하고 서먹한 방에 누워 한참 동안이나 천장을 바라보며 눈만 껌뻑거리다 곤하게 잠이 들어버리고 만다.

그래, 이튿날 아침이다.
아, 여기구나 싶어지는 건.
아, 참 좋다 싶어지는 건.
푹 자고 일어난 말간 얼굴로 큰 기지개를 켜며
이제 시작이구나 싶어지는 건.

즐거이 세수를 하고 머리를 감고
서둘러 나와 들이켜는 숙소 앞의 공기.
낯설지만 충분히 설레는 냄새.
마치 처음 걸어보는 사람처럼
한 발짝 한 발짝 공들여 걸어본다.
미지의 시공간으로 나를 움직이는 두근거림.
무엇이든 일어날 수 있고
무엇이든 시작될 수 있는 순수한 현재.

그래, 내가 당신에게 무언가 되어줄 수 있다면
수고롭고 고단하던 일상들을 잘 견디어낸 뒤 만나는
막막하고 낯설었던 어제의 시간들을 잘 마친 뒤 만나는
그래, 단잠을 한숨 길게 자고 난 뒤 만나는
이튿날 아침 같은 사람이다.

햇살이 정성스레 부서지고
바람이 걷기에 적당하고
순하게 웃는 사람들과
정겹고 예쁜 골목길을 만나는
아, 여기구나 싶어지는
아, 참 좋다 싶어지는
여행지의 낯선 도시에서 만나는

그러니까 나는 당신의
이튿날 아침 같은 사람이 되고 싶다.

사랑한다는 말

사랑한다는 말은 플레인 요거트 같다.

하얗고 보드라운 플레인 요거트처럼, 사랑한다는 말에는 아무것도 첨가되지 않은 순수한 달콤함이 함유되어 있다. 딸기를 넣으면 딸기 맛이 나고 사과를 넣으면 사과 맛이 나겠지만, 플레인 요거트가 가진 본래의 달콤함. 넘치지도 않고 모자라지도 않는 그 심심한 달콤함을 넘어설 수는 없다.

어떤 아름다운 말로 혀끝을 치장해도 본래의 의미를 넘어설 수 없는 것. 어떤 달콤한 맛으로 혀끝을 유혹해도 본래의 맛을 이겨낼 수 없는 것. 사랑한다는 네 글자 안에는 세상의 모든 아름다운 단어와 달콤한 맛을 다 합쳐도 설명할 수 없는 무첨가의 아름다움, 무첨가의 달콤함이 있다.

달콤하고 달콤하고 또 달콤하지만,
그 끝엔 그저 순백의 뒷맛만이 남는 플레인 요거트처럼,
사랑한다는 말은 순 수 하 다 .

사랑한다는 말은 눈꺼풀 속 같다.
이른 봄, 말간 하늘 쪽으로 얼굴을 젖히고 햇살을 향해 감은 두 눈의 눈꺼풀 속. 셀로판지처럼 얇아서 반쯤은 빛이 통과하고 반쯤은 빛이 차단되는 눈꺼풀 속에서 세상은 주홍색이 되기도 하고 노란색이 되기도 한다. 서서히 번져나가다 어느 순간 불현듯 색깔을 바꾸는 그 신비스러운 변화는, 몽환적이고 나른해서 스르르 잠이 온다.
한없이 물들이고 한없이 빠져드는 눈꺼풀 속의 새로운 세상처럼, 사랑한다는 말 속에는 조금씩 번져 무언가를 물들여가는 신비스러운 변화가 숨어 있다.

주홍색을 노란색으로 바꾸고
노란색을 초록색으로 바꾸어나가듯 사랑한다는 말은,
천천히 사람을 바꾸고 천천히 세상을 바꾼다.
그래서 사랑한다는 말은 경 이 롭 다 .

사랑한다는 말은 4월의 바람 같다.
봄의 한가운데서 어느 순간 나를 스쳐가는 한 줄의 바람. 어디서부터 불어오는지, 어디로 불어 가는지도 알 수 없는 4월 어느 날의 바람 같다. 벚꽃 잎이 눈송이처럼 날리는 집 앞 큰길. 늘 가던 작은 동네 슈퍼 앞. 흰 우유 하나를 사서 들고 나오다 문득 귓가를 스치는 바람에 꽤 한참 동안을 멍하니 서 있었던 적이 있다. 짧은 순간 나를 스쳐갔지만, 너무도 부드럽고 분명한 손길. 아마 나는 그 순간 내가 살아 있음을 느꼈던 것 같다.
온통 초록으로 가득해서 시작 말고는 아무것도 느껴지지 않는 때. 나른한 햇살 속의 봄 내음이 숨 쉴 때마다 몸속 가득 녹아드는 때. 그 한가운데 어디쯤 보이지 않는 한 줄을 분명하게 긋고 사라지는 4월의 바람.

보이지도 만져지지도 않는 4월 그 한 줄의 바람은

살아 있음을 느끼기에 더없이 충분하다.

그래서 사랑한다는 말은 4월의 바람 같다.

그래서 사랑한다는 말은

살아 있음의 다른 말이다.

국화차 한 잔

작년쯤인가 사놓았던 노란 통에 담긴 국화차.

공기가 제법 차가워진 오늘 문득 국화차 생각이 난다.

마른 국화꽃 몇 송이를 찻잔 속에 떨구고

금방 끓인 뜨거운 물을 따라 붓는다.

퍽이나 답답했다는 듯 이내 찻잔 속에

국화꽃 몇 송이가 활짝 피어난다.

부서질 듯 말라 있던 무언가가 이렇듯 피어나는 광경은
늘 예쁘지만 어쩐지 서글프다.

나는
누군가를,
피 어 나 게 하 는 사람일까?

생각이 거기에 미치니 마음에 바람이 분다.

짐짓 아무 일 아닌 듯 후후 불어가며
국화차 한 잔을 천천히 마신다.
바싹 말라 있던 발가락이 조금 따스해지는 것도 같다.

알맞게 낡아준 소파 같은 사람

아무래도 쓰던 모자를 주로 쓰게 된다. 야구 모자만 해도 그렇다. 새로 사서 얼마 지나지 않은 모자보다는 챙 부분이 조금 부드럽고 유순해진, 말하자면 좀 길이 든 모자에 손이 간다. 새로 산 지 얼마 되지 않아 빳빳하고 각이 살아 있는 모자는 쓰고 있으면 어쩐지 내 표정이나 자세까지도 조금 경직되고 긴장되는 느낌이다. 그래서 좀 때가 타고 빛이 바랬어도 쓰던 모자에 자꾸만 손이 가게 된다. 아무래도. 그렇다고 억지로 길이 들게 할 수도 없다. 오늘 당장 쓰고 나갈 요량으로 급하게 챙을 구부리고 내 머리에 맞게 크라운을 구기고 해봐도 그건 길이 드는 것과는 다르다. 그냥 원단과 모자 전체의 질감이 조금 부드러워지는 정도겠지.
역시 길이 드는 데는 시간이라는 게 개입되는 거니까. 게다가 애정이라는 것도 한몫을 하는 거니까. 그래서 길이 든다는 말은 어쩐지 감동적인 구석이 있다. 기타나 베이스 같은 악기 하나도, 야구 글러브나 테니스 라켓 같은 운동기구 하나도, 매일 운전하는 자동차의 핸들이나 하물며 지금 쓰고 있는 이 노트북의 키보드마저도 손에 익고 길이 들어야 왠지 편안해지고 내 것 같아진다.

누군가를 좋아하는 일도 마찬가지.
어쩌면 사랑하는 일도 서로에게 길들어가는 과정이 아닐까 싶다. 시간을 쓰고 공을 들여 조금씩 서로에게 익숙해져 가는 일.
서로의 말투와
서로의 버릇과
서로의 온도와

서로의 사소한 감탄사 하나까지도
서로에게 꼭 맞게 천천히 길이 든다.

그러니 내가 당신을 사랑한다는 말은 당신에게 기꺼이 길들겠다는 말이다. 내가 당신을 사랑한다는 말은 당신에게 소파 같은 사람이 되어주고 싶다는 말이다. 그러니까 당신의 몸에 알맞게 잘 낡아준 소파 같은 사람.

폭 파묻혀 앉아 책을 읽기에도 적당하고
반쯤 몸을 기대고 음악을 듣기에도 적당한.
방금 내린 커피 한 잔을 들고
아빠다리로 앉아 창밖을 내다보기에도 좋고,
한 시간쯤 완전히 몸을 맡기고 잠이 들어도 좋은.
당신에게 꼭 맞게 잘 낡아준 소파 같은 사람.

그렇게 당신의 모든 순간들을
가만히 지켜보다가 종종 당신을 쉬게 하는,
그런 사람이 되고 싶다는 말이다.

분명해진다는 것

분명해진다고 너무 좋아하진 말자.

무언가가 분명해진다는 것이 좋아만 할 일은 아니니까.

분명해진 그걸 빼곤

모두 다 흐릿해졌다는 소리일지도 모르니까.

단지, 나머지가 너무 흐려져서

그게 분명해 보였던 걸지도 모르니까.

그래서 분명히 알게 되었다고, 너무 좋아할 일은 아니다.

일이건

사람이건

혹은 사랑이건.

우리가 전부라고 믿는 것들은
늘 그것보다 더 큰 '전부'에 속해 있을 때가 많고,
우리가 알게 되었다고 믿는 것들은
늘 우리가 알 수 없는 것들의 영향을 받을 때가 많으니까.

분명하다고 확신하는 사람을
다 알고 있다고 떠벌리는 사람을
나만 믿으라고 말하는 사람을
나는 별로 신뢰하지 않는다.

오히려
잘 모르겠다며 조금 긴장하는 사람을
한번 해보겠다고 끄덕이는 사람을
믿어보자고 손 모으는 사람 쪽을
나는 더 신뢰한다.

분명한 건 아무것도 없다.
다만 분명하다고 믿고 싶을 뿐.

마음 없이 지내기로 한다

도무지 접혀지지가 않던 마음.

도무지 덮어지지가 않던 밤.

읽던 책처럼 펼쳐져 있던 밤을 그렇게 지새우고,

당신은 푸석해진 얼굴로 푸르스름한 새벽길을 나섰다.

치통처럼 욱신거리는 마음을 다독이고 다독이며 새벽길을 나섰다.

행선지 따위는 중요하지 않은 새벽 버스에 올라
날 선 휘발유 냄새에 속이 메스꺼워도
어디로든 가고 있는 편이 나았다.
어디로든 가고 있는 편이 나은 것 같았다.
멈춰 있는 방 안에서도
그 사람은 당신에게서 멀어지고 있었고,
그렇게 새벽 버스에 올라 어딘가로 움직이고 있으면,
그래도 조금씩은 그 사람에게
가까워질지도 모른다고 생각했다.
정류장마다 잠을 설친 듯
건조한 얼굴의 사람들이 차에 오르고,
제각각 서로의 반대쪽으로
몸을 웅크린 채 창밖을 응시한다.

어쩌면 모두 다 무언가와 헤어지고 있는 중.
어쩌면 모두 다 무언가를 향해
필사적으로 다가가고 있는 중.
생각이 거기에 미치니
또다시 치통처럼 마음이 욱신거린다.

이별은 참으로 아프다.

너무도 못 견디겠어서

푸릇한 새벽 정처 없이 집을 나설 만큼 아프다.

왜 변했는지 모르겠는 그 사람의 마음은

도무지 헤아릴 길이 없고,

언제부터 변했는지를 짐작하는 일은 더없이 고통스럽다.

도대체 언제부터였을까?

지난 몇 달간을 분초 단위로 되짚어보다가

당신은 마침내 머리칼이 곤두서도록 소스라치게 아프고 만다.

나을 수 없는 아픔의 원인을 찾겠다고

불에 덴 듯 따가운 마음에 기어이 사포를 들이댄다.

되짚어보니 그 사람은 매 순간 변하고 있었고,

되짚어보니 그 사람은 매 순간 멀어지고 있었다.

그 사람을 사랑한다는 당신은 그걸 알아채지 못했고,

그 사람을 사랑한다는 당신은 그걸 조금도 바로잡지 못했다.

아니 어쩌면,

눈치채고도 내버려두었는지 모른다. 괜찮아지려니.

세상은 두 가지 종류의 일들로 이루어져 있는지도 모른다.
내버려두면 원래의 상태로 회복되는 것들과
내버려두면 돌이킬 수 없이 사라지는 것들.
그것으로 더 이상 할 말은 없다.

입 안에서 신맛이 나도록 아프고 나니,
박혀 있던 파편을 빼낸 듯 통증은 조금 시들해져 간다.
무거운 머리칼을 쓸어 넘기며
당신은 새벽 버스에서 몸을 내린다.
돌이킬 수 없는 사랑에서 몸을 내린다.

한 번도 와본 적 없는 낯선 동네 어디쯤인가에
내려 선 당신은 차곡차곡 마음을 접는다.
새끼손톱보다 작아질 때까지 꾹꾹 눌러 접는다.

지난밤 그토록 당신을 잠 못 이루게 하던 것은
사랑 때문이 아닌지 모른다.
그토록 당신을 불안하게 했던 것은
이별 때문이 아닌지 모른다.

사랑에도 속하지 못하고, 이별에도 속하지 못하고
어쩌면 그 사람에게조차 속하지 못하고
줄곧 그 사람 없는 당신 자신만 걱정하던
그 몹쓸 마음 때문이었을지 모른다.

어디쯤인지 모를 낯선 버스 정류장에서
당신은 그 사람에게 전화를 건다.
신호는 무한히 수렴한다.
받지 않는 전화를 끊는 것으로 헤어짐은 이윽고 사실이 된다.
새끼손톱만 하게 작아진 마음을 길 옆 배수구에 던져버리고,

당신은 당분간 마음 없이 지내기로 한다.

누구에게나 헤어지는 일이라는 건
한동안 마음 없이 지내는 일이니까.

추억의 용도

•

추억으로 바꿀 수 있는 건 없겠지만

추억으로 따뜻해질 수는 있다.

때로는 그거면 된다.

달 향

가스등처럼 환한 보름달이었다.
연노랑의 달무리까지 곱게 번져 어른거리는, 꽤나 근사한 달.
달 쪽으로 가까이 얼굴을 들이대면 왠지 조금 따뜻해질 것 같아서, 집 근처 제일 높은 계단 꼭대기까지 올라가 한참 동안이나 고개를 젖히고 달을 올려다보았나 보다.
혼자 마신 맥주 몇 잔의 취기였을까?
정말로 얼굴이 발그레하게 달아오르는 기분.
어디선가 빵 굽는 냄새가 나는 것도 같았고, 어디선가 커피 볶는 냄새가 나는 것도 같았다. 그렇지, 아파트 상가 1층에는 빵집도 있고, 커피 전문점도 두 개나 있으니까. 아마도 거기에서 나는 냄새들이겠지만, 나는 달 향이라고 생각하기로 한다.

달 냄새.

생각하고 나니 제법 근사하다.

이상스러울 만치 달을 좋아한다.

초봄 벚나무 위로 배시시 걸린 눈썹달의 새초롬한 쓸쓸함도 좋고, 한여름 풀벌레 소리를 따라 슬그머니 떠오른 반달의 다소곳한 다정함도 좋다. 왠지 헛헛하고 처연한 늦가을의 손톱달도 좋고, 무언가 굉장한 일이라도 일어날 것처럼 한껏 부풀어 오른, 바닐라 아이스크림 맛이 날 것 같은 한겨울 보름달의 차가운 설렘도 좋다.

이렇게 달을 올려다보고 있으면, 뭐랄까 이야기를 듣고 있는 기분이 든다. 헤아릴 수 없이 오래전에 시작된 비밀스럽고 신비로운 이야기들이 빛의 부스러기가 되어 지금 흩어져 내릴 것만 같다.

달은 다 보았을 테니까.

밤하늘의 별보다 많은 이야기들이 시작되고 끝나고 다시 시작되는 모습을.

멈추어 서게 만드는 것들이 있다.

가던 걸음을 멈추고 짐짓 바라보게 만드는 그런 것들.

빵집 진열장을 가득 메운 갓 구워낸 빵들이 그렇고, 크리스마스 무렵 시청 앞에서 반짝이는 커다란 크리스마스트리가 그렇다. 엘리베이터 안에서 만난 앙증맞은 위층 어린아이가 그렇고, 오늘 같은 밤 근사한 게 떠올라준 저 달이 그렇다.

좋아한다는 건 그런 것 아닐까.

멈추어 서게 되는 것.

원래의 속도로 걷던 걸음을 잠시 멈추게 만드는 것.

멈추어 서서 바라보게 되는 것.

코를 대고 냄새를 맡아보고 싶어지는 것.

손을 뻗어 만져보고 싶어지는 것.

그러니 늦은 밤 집에 돌아가는 길,

달을 올려다보다 무심코 무언가 떠올랐다면,

그건 당신이 그 무언가를

내내 그리워하거나 좋아하고 있다는 얘기인지도 모른다.

그때의 노래이거나

그날의 장면이거나

그 시절의 사람이거나

여전히 맘에 두고 있는 누군가.

말이거나 온도이거나 촉감이거나 얼굴 같은,

아무튼 그립고 그리운 것들.

아마도 그리운 것들은 모두

저 하늘의 별이 되고 달이 되었나 보다.

전화를 할까 싶어 얼른 주머니에서 스마트폰을 꺼내 만지작거리다 그냥 오늘 밤 달 사진만 몇 장 찍어본다. 최신형 스마트폰으로도 달 향까지는 다 담을 수 없어 몇 자 적어둔다.

'밤공기가 쌉싸래한 게

코 밑에 커피 가루라도 묻혀놓은 것 같다.

벌써 겨울이네. 이맘때는 달에서도 향이 난다.'

언젠가 당신에게도 보여주고 싶은,

어쩌면 오늘 밤의 내가, 오늘 밤의 당신에게 건넨 얘기.

당신이 원하는 곳에 당신이 있는

당신이

원하는 곳에

당신이 있는,

그런 하루가 되길 바라요.

즐거운 소행성

명왕성의 공식 이름은 '134340 플루토.'

태양계의 아홉 번째 행성이었다.

하지만 명왕성은 어느 날 갑자기

태양계 행성에서 제외되었다.

중력이 약해서,

질량이 작아서.

어쩌면 순전히 지구인들의 관점에서.

어쩌면 명왕성은

스스로가 태양계 행성이었는지도 몰랐을지 모른다.

관점이란 그런 것일지도 모른다.

그대로 의미 있는 무언가를

어디에든 속하게 하려 분류하는 것.

그랬다가 뭔가 미심쩍어지면

다시 그 분류 밖으로 밀어내는 것.

명왕성은 굳이 태양계가 아니어도,

행성이 아니어도 충분히 아름답다.

그냥 그곳에서 본래의 모습 그대로.

존재라는 건,

한 방향의 관점으로

의미를 부여할 수 있는 게 아니라고 믿는다.

행성부터 먼지까지.

배추흰나방 애벌레부터 조용한 한 명의 사람까지.

모두 다.

어딘가에서 떨어져나왔다 해서
모두 서글픈 건 아니다.
명왕성은 명왕성이란 행성의 이름을 반납하고
스스로 조용하고 행복한 왜소행성이 되었을지도 모른다.

원래 있던 곳에서
원래의 모습으로,
몸집보다 컸던
무거운 이름과 관심을 내려놓고
나름대로 즐 겁 게 .

나는 가끔 그런 생각을 한다.
모두 그렇게 즐거운 소행성이면 좋겠다고.
중력이 약해도
질량이 작아도
대단하지 않아도
보잘것없어도
그 자체로 모두는 의미 있는 우 주 이 니 .

악기 장인과 잠수의 나날들

우주의 한가운데에 입자가 되어 가만히 떠 있는 기분.

올려다보면 저만치 위 머리 위에서

몇 줄기의 빛이 신비롭게 부서져 내리고

나 자신의 심장 소리 말고는 아무런 소리도 들리지 않는다.

바닷속은 그렇게 깊고 푸르고 고요하다.

뤽 베송 감독의 영화 〈그랑블루〉에서 보았던 그대로 프리다이빙은 근사했다.

전화가 왔다.
우리는 친한 게 분명하지만 참 가끔 보는 사이.
"형, 잠수한다면서요?"
"응. 어떻게 알았어? 너도 잠수해?"
"네. 바다가 너무 가고 싶은데 같이 갈 사람도 없고 해서."
"그치? 나도 그래. 안 그래도 갈까 했는데, 같이 가자. 바다."

답답하던 시기였다. 일에도 진척이 없었고 마음은 알 수 없이 초조했다. 바다에 다녀오면 좀 나을 것도 같았다. 아니, 정확히는 '바다 속'에 다녀오면.
그리하여 일주일 후 H와 나는 필리핀 보홀의 어느 허름한 숙소 마당에서 슬리퍼를 신은 채 만나게 되었다. 여느 때의 모습 그대로 편안한 차림에 우쿨렐레 하나를 덜렁 둘러메고 그는 다른 일행 한 명과 함께 나보다 몇 시간 늦게 숙소에 도착했다. 나는 먼저 도착한 다이빙팀 사람들 몇몇과 인사를 나누고 막 짐을 풀고 있는 중이었다.

날씨가 좋았고
오랜만에 보는 H는 반가웠고
서울은 멀리 있 었 다 .
그리고 이제부터 일주일간 우리에게는 정말이지 '잠수의 나날들'이 기다리고 있었다.

갑자기 프리다이빙을 배워야겠다고 생각한 건 아니었다. 전부터 종종 했던 생각이었다. 다만 실행으로 옮기지 못했을 뿐이다. 늘 그랬듯. 간혹 여행지에서 바다에 들어갈 일이 있으면, 구명조끼를 입고 한동안 둥둥 떠 있는 걸로 싱거운 물놀이를 마치곤 했다. 썩 좋은 실력은 아니었지만 수영은 어느 정도 할 줄 알았는데, 발이 닿지 않는 깊이의 바다나 물에 대해서는 알 수 없는 공포 같은 게 있었던 모양이다. 경험한 적이 없으니 그냥 두려운 것들.
내가 프리다이빙을 시작한다고 했을 때 제일 놀란 건 아내였다.
"으응? 프리다이빙? 그걸 한다고? 갑자기?"
원래 뭔가를 막 시작하고 일을 벌이는 스타일이 아니었으니 그렇게 놀라는 것도 무리는 아닌 일. 사실 프리다이빙을 배워야겠다고 생각한 가장 큰 이유는 폼나게 '잘 놀고 싶어서'였다. '물 공포 극복' 같은 거창한 극복의 프로젝트는 아니었다.

그냥 잘 놀고 싶었다. 물속에서도. 앞으로의 시간들은.

프리다이빙을 배울 수 있는 곳을 검색해 찾고 등록을 하고 막상 시작해보니 이 스포츠는 생각보다 더 재미있고 흥미로웠다. 한동안 숨을 멈추고 물속에서 이루어지는 일이니 자연스레 호흡과 명상, 마인드 컨트롤 같은 것들과도 닿아 있는 부분이 있었다. 안 그래도 불규칙한 호흡 패턴을 가지고 있었고 긴장하면 숨을 안 쉬는 이상한 버릇도 가지고 있었던 나에게 프리다이빙은 심지어 호흡 조절과 호흡 패턴 연습에도 도움이 되는 훌륭한 스포츠였다. 이것이야말로 나의 스포츠.

프리다이빙은 스노클과 마스크 그리고 핀. 이렇게 세 가지 장비만으로 하는 가장 심플한 다이빙이다. 공기통을 메고 오랜 시간 물속에서 숨을 쉬며 이루어지는 스쿠버다이빙과는 완전히 다르다. 호흡에서 출발해 호흡으로 끝난다고 해도 과언이 아닌 이 스포츠는 준비호흡을 거쳐 한 번의 최종호흡으로 내 몸 안에 가득 채운 산소만을 가지고 천천히 수중으로 내려간다. 그리고 그 산소를 다 쓸 때까지 수중에 머물다 다시 수면으로 천천히 올라와 회복호흡을 하는 걸로 마무리된다. 나 같은 초보라면 고작 1~2분에서 2~3분 사이에 일어나는 짧고 간단한 과정이지만, 호흡과 이퀄라이징, 영법 등 다양한 이론과 교육 그리고 트레이닝이 필요한 과학적인 종목이기도 하다. 어느 것 하나 중요하지 않은 게 없었다. 준비호흡도 최종호흡도 회복호흡도. 모든 일련의 과정들을 천천히 공들여 하되, 무엇보다 대충하지 않는 게 중요했다. 특히나 회복호흡은 수면에 올라왔을 때 당장 괜찮다고 대충하면 계속해서 대미지가 쌓여 언젠가는 문제를 일으키는 제일 중요한 과정이었다. 아무튼 폼도 실력도 그저 그랬지만 나는 이론과 실습으로 이루어진 교육과정을 잘 이수했고 트레이닝과 테스트를 통해 '레벨 1 프리다이버' 라이선스를 받게 되었다. 그리고 지금 나는 감격스럽게도 이미 프리다이버인 H와 함께 필리핀의 보홀 바다에까지 다이빙 투어를 나오게 된 것이다.

우리는 매일 잠수를 했다. 아침 일찍 일어나 스트레칭과 호흡을 한 시간쯤 공들여 했고 단출하게 아침식사를 하고는 조금 쉬었다가 바다로 나갔다.
바다로 나가서는 잠수를 했다. 해녀가 물질하듯 수확 없는 물질을 하고 또 했다. 물속에 내려가 있는 그 짧은 시간이 얼마나 평화로웠는지는 형언하기 어렵다. 가끔 눈앞으로 지나가는 아름다운 물고기 떼의 군무와 신비롭기까지 한 바다 거북이를 보는 일 말고도 잠수는 잠수 자체로 온전히 근사했다.

고요하고 평화로웠다.
나는 아무것도 아닌 채 그 바다 속에 있었다.
아무것도 아니어도 가득 차고 충만했다.
나는 물고기이고 바닷물이고 산소이고 플랑크톤이고 우주이고 입자이고 동시에 나였다.
가끔 수면에 누워 바라보는 하늘은 바다만큼 파랬고 지칠 때쯤 뭍으로 돌아왔다.

매일 잠자리에 들기 전 저녁 시간 내내 H와 나는 이런저런 얘기들을 나눴다. 그는 늘 우쿨렐레를 튕기며 비스듬하게 의자에 기댄 채 맥주를 홀짝였는데, 그 시간도 잠수만큼 좋았다. 오랫동안 잘 알고 지냈지만 일할 때 말고는 이렇다 할 개인적 교류나 얘기할 시간이 없었던 우리는 필리핀의 어느 섬에서
느슨하고 느릿하게 사는 것에 대해 얘기했고
조용하지만 행복하게 사는 것에 대해 얘기했다.

H는 이름을 말하면 많은 사람들이 알 만한 뮤지션이다. 15년쯤 전부터 알고 지냈는데 노래나 연주, 송라이팅 등 음악의 다방면에 재능이 많은 친구다. '악기 장인'이라는 별명이 있을 만큼 다양한 나라의 민속 악기들을 골고루 다룰 줄 아는

걸로도 유명한데, 그 모든 악기들은 틈틈이 여행을 다니며 현지에서 직접 배우고 연습하여 체득한 것들이라고 한다. 어딘지 집시의 풍모까지 느껴지는 그는 역시나 자유로운 영혼.

그렇게 노래를 잘하고 곡도 잘 쓰는데 꽤 오랫동안 본인의 앨범이나 신곡을 발표하지 않고 있어서 많은 사람들과 음악 팬들이 궁금해하기도 한다. 나도 팬으로서 궁금했던지라 몇 잔 마신 술기운을 빌려 물었다.

"너는 신곡이랑 앨범 안 만들어?"

"글쎄 형, 꼭 만들어야 할까요?"

"할 수 있잖아? 언제든."

"언제든 할 수 있으니까 안 하는 걸지도 몰라요. 그냥 지금 제일 하고 싶은 걸 해요. 큰 의미 두지 않고. 새 노래를 만들고 상업음악 활동을 안 해도 곡을 만들고 연주하고 공연하고 하는 작업은 계속하고 있으니까. 음악이 뭐 별건가요. 그냥 내가 하고 싶은 방식으로 연주하고 노래하면 됐지. 앨범도 하고 싶어지면 하겠죠."

물어본 내가 어쩐지 머쓱해져 버렸다. 한동안이라도 새 노래를 만들지 않으면, 누군가의 신곡이라도 계속 작업하지 않으면 어딘지 불안해지고 마음이 급해졌던 나에게 그의 얘기는 느린 회복호흡 같은 얘기였다.

누군가의 생각과 태도가 매력적으로 다가오고 영향받고 싶어지는 건 언제나 기분 좋은 경험이다. 우리는 그렇게 며칠 동안이나 같이 아침마다 스트레칭을 하고 하루 종일 잠수를 하고 맥주를 마시고 우쿨렐레를 튕기고 얘기를 나눴다. 시간은 느리게 흘렀다.

그런데 그곳을 떠나기 하루 전날 저녁, 갑자기 돌발 상황이 발생했다. 섬에 태풍이 상륙한 것이다. 폭우가 쏟아졌고, 파도가 미친 듯이 높아졌고, 무엇보다 강풍이 너무 심했다. 태풍으로 피해를 입을 정도는 아니었지만 이대로라면 비행기가 못 뜰지도 모르는 상황이었다.

좋은 시간들을 보내며 평온해진 나는 이제 마지막 밤이 지나면 이 상태 그대로 서울로 돌아가면 된다고 생각하고 있었는데 뜻밖의 사태 앞에 초조해지기 시작했다. 서울에 두고 온 일들이 하나하나 떠오르며 불안해지기 시작했다. 그놈의 노심초사가 또 시작된 것이다.

항공사 사이트를 찾아보고 스케줄을 계속 확인했다. 아내에게도 연락을 하고 출연해야 하는 라디오 작가에게도 미리 연락을 했다. 확실한 건 하나도 없는 상태였지만 나는 걱정했고 근심했다. 그런 나를 한참 지켜보던 H가 우쿨렐레를 튕기며 말했다.

"형, 우리가 할 수 있는 게 없어요. 그냥 맥주나 마시자. 비행기야 뜰 수 없으면 못 뜰 테고 뜰 수 있으면 뜨겠죠. 그건 우리가 못 바꾸니까. 우린 그냥 우리가 하던 거나 하자고요. 형 꼭 걱정인형 같아요."

의자에 반쯤 기댄 자세로 폭우 속을 바라보며 H가 한 말에 나는 완전히 동의할 수밖에 없었다. 걱정해서 해결될 수 있는 일이라면 최선을 다해 걱정해야겠지만, 걱정으로 해결할 수 없는 일이라면 걱정하느라 시간과 정신을 다 써버리는 건 제일 바보 같은 짓이다. 깔끔하게 포기하고 지금 할 수 있는 걸 하면 된다.

그의 말이 맞다.

우리는 맥주를 마셨다.

우쿨렐레를 튕겼고 또 맥주를 마셨다.

까만 바다와 세찬 빗소리와 휘몰아치는 파도를 바라보며 마지막 날을 보냈다.

다음 날 비행기는 뜨지 않았고 나는 예정보다 하루 늦게 서울에 돌아왔다. 아무 일도 없었고 누구도 뭐라 하지 않았다. 물 밖 일상에서도 가끔 잠수가 필요할지 모르겠다. 심호흡을 하고 잠시 나 자신을 느끼고 다시 회복호흡을 하는 조용한 과정.

그러면 된다. 너무 아래까지 내려와서 덜컥 겁이 난다 싶으면 가만히 저 위를 한번 올려다보고 조금씩이라도 다시 올라가면 된다. 세상이 너무 번잡하고 시끄럽다고 느껴질 땐 숨을 한번 크게 들이쉬고 잠시 동안 저만치 내려가 있는 것도 좋다. 조용히 마음의 부력을 '평온'에 맞추고 스스로의 호흡과 의식에만 집중하는 시간.

늘 연락이 닿는 곳에,
늘 준비된 채로,
늘 긴장과 열광 중 어느 한쪽에 나를 전부 걸고
꼭 그럴 필요는 없다.
그리 길지만 않다면 가끔 '잠수'도 괜찮다.

악기 장인 H와는 요즘에도 언제가 될지 모를 다음 잠수 계획을 짜고 있다.

호칭과 나

종종 겪게 되는 난처한 상황. 아직 친하다고 할 수 없는 누군가가 나를 '형'이나 '오빠'라고 부르기 시작할 때다. 나는 아직 준비가 되어 있지 않은데 상대는 내게 친근한 호칭을 쓰기 시작할 때. 방법은 둘 중 하나. 상대가 부르는 호칭에 아랑곳없이 내 페이스대로 존칭을 유지하는 쪽과 못 이기는 척 나도 말을 편하게 하는 쪽. 예전엔 주로 전자처럼 행동했고, 한동안은 후자 쪽을 택하는 편이었다.
사실 나는 낯도 좀 가리는 편이고, 처음 보는 사람과 그리 쉽게 친해지는 타입이 아니다. 서로 함께한 시간이 쌓여야 마음이 열리고, 그래야 말도 행동도 편하게 할 수 있다고 생각하는 쪽이다. 자연히 누군가와 쉽게 말을 트는 일은 드물었다. 게다가 말의 격을 지키면 크건 적건 실수할 일도 줄어든다고 믿기도 했다. 그러니 중요하다고 생각하는 사람일수록 말 놓는 일은 더 조심스러웠다.
일을 하면서건 건너건너 만나게 되는 사람들이건 나이가 비슷하거나 어린 사람들의 경우 '누구누구 씨'로 불렀다. 그리고 존칭을 하는 경우가 대부분이었다. 누군가 나를 '형'이나 '오빠'로 부르며 말을 편하게 하라고 종용해도 그냥 그 '존칭의 선'을 유지하는 쪽이 나에게는 편했다. 정말 친해지기 전까지는 서로 예의를 갖추는 게 맞는다는 생각. 왜냐하면 정말 편하지도 않은데 말부터 놓고 보는 건, '친한 척'이라고밖에는 말할 수 없으니까.

그런데 그런 나의 생각을 흔들리게 한 일이 있었다. 꽤나 오랫동안 알고 지낸 선배가 있었는데, 나이 차도 제법 났고 어렵기도 한 선배였지만 사실 나는 그 선배를 굉장히 좋아하고 존경했다. 가끔씩 같이 얘기할 수 있는 것조차 영광스럽다고 할 정도였다. 그러다 어떤 행사 때문에 나는 그 선배와 자주 만날 수 있게 되었고, 얘기할 수 있게 되었다. 그리고 적당한 타이밍이라고 생각되는 어느 시점부터 나는 그 선배를 '형'이라고 부르기 시작했다. 그건 친해지고 싶다는 내 나름의 표현이었다. 물론 그 적당한 타이밍이란 것도 따지고 보면 온전히 내 입장이긴 하지만. '이제 말씀 편하게 하세요'라는 부탁도 잊지 않았던 것 같다.

하지만 그 선배는 그 후로도 한참 동안이나 내게 존칭을 했다. 늘 예의 바르게 나를 '누구누구 씨'로 부르며 말을 놓지 않았다. 처음에는 낯을 가리고 예의를 차리는 성격의 사람인가 보다고 생각했지만, 시간이 지나면 지날수록 내 기분은 어쩐지 상실감 쪽으로 옮겨가고 있었다. 그리고 무엇보다, 그 상황이 불편했다. 그것은 마치 '나는 너를 내 동생으로 여기고 싶지 않아'라든가 '너와는 이 이상 가까워지고 싶은 맘이 없어' 같은 의미를 담고 있는 것처럼 느껴지기 시작했으니 말이다. 어느 경우에도 거절은 상처가 되기 쉽다. 직접적이든 간접적이든 말이다.

그로부터 또 한참이 지난 어느 날, 그 선배는 술자리에서 선언을 하듯 내게 말을 놓았고, 그 '형'이 편하게 말을 놓던 날 나는 꽤나 좋으면서도 한편 씁쓸했다. 중요한 건 이미 내 맘이 예전 같지 않았다는 점이나. 그 선배의 거리 두기가 내 마음의 거리까지도 저만치 밀어놓은 것이다.
하지만 다시 가만히 생각해보면 그 선배의 적당한 타이밍은 그때였던 것일 뿐이다. 마음 상할 일도 아니고 탓할 일도 아니다. 사람들은 각자 자기만의 템포로 생각하고 결정하고 행동할 뿐이니까. 내 맘 같지 않다고 해서 상대를 탓할 수는 없지. 누구도 잘못한 일은 아니니까.

나는 이제 그들이 원하는 대로 그들을 부르기로 했고 그들이 부르는 대로 불리기로 했다. 호칭 같은 건 어떻게 되든 별 상관없다고 생각하기 시작한 것이다. 존댓말을 하건 반말을 하건 그게 뭐 그리 중요할까? '좋은 게 좋은 거'라는 말을 좋아하지 않지만 호칭에서만큼은 이제 그리 생각하기로 했다. 내가 누구로 부르든 그들은 그들이고, 내가 누구로 불리든 그건 나이니까. 본질은 바뀌는 게 아니니까.

나는 작사가이고 동시에 작곡가이기도 하다. 가끔 노래를 부르니 가수이기도 하고, 라디오 게스트이지만 DJ이기도 했다. 때때로 글도 쓰니 이제 작가이기도 한 걸까?

일 때문에 사람들을 만나면 각자 자신이 생각하거나 기억하는 호칭으로 부른다.
가사에 관심 있는 사람에게 나는 작사가이고
곡에 관심 있는 사람에게는 작곡가이다.
라디오를 많이 듣는 사람은 게스트나 DJ로 기억하고,
작가라고 부르는 사람도 있다.
누구나 그렇듯 나는 아들이고 남편이고 오빠이고 사위이고 형이고 동생이며 친구이고,
'누군가의 무언가'이다.

사람들은 각자가 부르고픈 호칭으로 나를 부를 것이고 그건 어쩌면 당연한 일이다. 나를 작사가라고 부른다고 해서 내가 나머지의 모든 나를 잃고 작사가이기만 한 건 아니다. 누군가 나를 오빠라고 부른다고 해서 내가 모두의 오빠는 아니듯이.

중요한 건 그 모든 내가 다 '나'라는 것이다.
호칭은 부르는 사람의 마음.
그렇게 보이니 그렇게 부를 뿐.
그렇게 불러야 할 것 같으니 그렇게 부를 뿐.
그러니 무엇으로 부르건 상관은 없는 것이다.

호칭이라는 것은 서로의 관계를 규정짓는 의미로 사용된다. 그 호칭의 종류에 따라 우리는 누군가와의 친밀도를 짐작하기도 하고, 누군가와의 관계를 이해하기도 한다. 그 사람의 직업이나 그 사람의 위치 같은 것들, 더 나아가 그 사람의 다양한 것들을 파악하기도 한다.

요즘 나는 호칭에 크게 의미를 두지 않는다. 억지로 내키지 않는 말을 놓지도 않고 억지로 예의랍시고 존칭을 고집하지도 않는다. 어떤 사람과는 서로 존칭을 하면서도 즐거운 대화를 나누고 많이 웃는 친밀한 관계가 되었고, 어떤 사람과는 말을 놓고 편하게 호칭하면서도 예의를 차리고 격을 지키기도 한다.

생년월일에 '빠른'이 붙은 사람들과 호적 신고가 늦게 되었다는 사람, 학교를 일찍 들어갔다는 사람과 남자들이라면 군대까지. 나이와 호칭을 헷갈리게 하는 수많은 요소들이 있다. 하지만 요즘의 나는 그런 것들에 별로 개의치 않는다. 나와 동갑인 게 분명한데 학교를 일찍 들어가서 나와 친한 형과는 친구인 어떤 사람. 그 사람이 형으로 불리길 원한다면 나는 그냥 '형'이라고 부른다. 나로 인해 모든 사람들의 관계가 흐트러지기를 원하지 않기도 하고 형이든 아니든 그렇게 호칭하고 부르는 게 그리 어렵지 않기 때문이다. 다만 그가 '형'답지 못한 품격과 그릇의 사람이라면, 관계는 거기까지이다. 형이라고 부르기 싫어서가 아니라 그가 좋은 사람이 아니므로. 좋은 사람들만 만나기에도 시간은 부족하다.

사람이 호칭을 만들기도 하고
때때로 호칭이 사람을 만들기도 한다.
하지만 어쩌면 호칭은 호칭일 뿐이고
나는 그냥 '나'라는 생각을 점점 자주 하게 된다.
우리는 모두 누군가에게 어떤 호칭으로 불린다.
그리고 그 호칭은 변해간다.
누군가의 아들은 누군가의 남편이 되고,
누군가의 오빠는 누군가의 아빠가 된다.
누군가의 딸은 누군가의 아내가 되어가고,
누군가의 언니는 누군가의 엄마가 되기도 한다.
우리 모두는 학생이거나 선생이고 과장이거나 사장이고
선배이거나 후배이고 개인이거나 구성원이고
친구이거나 동료이다.
그 모든 노릇을 다 잘하고 사는 건 쉽지 않은 일이다.
그 호칭이라는 것 때문에 가끔은 삶이 무거워지고
지금이 버거워지기도 한다.

그럴 때마다 그 모든 호칭들 이전의 나를 생각해본다.
나를 부르는 호칭은 불러줄 사람들에게 맡기고
나는 '나'를 살면 된다.
너무 많은 역할들을 모두 다 잘해내려다 보면
내가 사라져버릴지도 모른다.
내가 사라지고 나면
아무도 나를 부를 수 없을지도 모른다.
직장인 김 대리로 사느라
여행을 좋아하는 탐험가 김○○를 포기하지 않았음 한다.
이○○ 엄마로 사느라
미술을 좋아하는 화가 지망생 박○○을 잃지 않길 바란다.

누가 나의 이름을 불러준다면
기꺼이 그에게로 가서 꽃이 되겠지만
그 모든 누군가의 꽃이 되어주느라
너무 고단하지는 않았으면 좋겠다. 모두가.
꽃이기 이전에 그대로의 자기 자신.

나는 호칭이지만
호칭이 나는 아니다.

그냥

그냥,

좋은 사람이 되는 기분.

당신과 함께 있으면

늘 나는 그런 기분이 들었다.

그러니까 이 말은

당신이 나를 좋은 사람처럼 느끼게 해준다는 말이다.

나는 그냥 그저 그런 상태 그대론데

당신이 나를 좋은 사람으로 만들어준다는 뜻이다.

당신의 말과

당신의 눈빛과

당신의 표정과

당신의 동작들이 나를 좋은 사람으로 만들어준다.

당신은 내게 자주 고맙다고 말해주었고

당신은 때때로 가만히 내 눈을 들여다보았고

내가 딴청을 피우다 흘끗 당신을 보았을 때

당신은 어쩐지 웃고 있을 때가 많았고

내가 손잡고 이끄는 대로 천천히 함께 걸어주었다.

주홍으로 물드는 노을 무렵의 햇살을

한가득 얼굴에 받은 사람처럼

당신이라는 좋은 사람으로 온통 물든 나는

그냥 좋은 사람이 되어가나 보다.

아니다. 어쩌면 좋은 사람 같은 건 영영 될 수 없을지 몰라도

좋은 사람이 되고 싶어지기는 하나 보다.

사랑한다는 건 그런 일.

그냥 좋은 사람이 되고 싶어지는 일.

그냥,

좋은 사람 근처에라도 가 닿고 싶은 일.

최소한,

좋은 사람 비슷해지고 싶은 일.

좋아하는 걸 좋아해

생각의 색깔

•

프리즘을 통과한 빛처럼
내 안에는 다양한 색깔의 내가 숨어 있다.
그 색깔 하나하나를 찾아나가는 일이
어쩌면 삶인지도 모르겠다.
자, 무엇이 당신의 스펙트럼을 보여줄까?
무엇이 당신의 프리즘이 되어줄까?

부자일 수 있다면 취미 부자

아내에게선 가끔 햇빛 냄새가 난다.
그 햇빛 냄새라는 게 정확히 어떤 향인지는 설명하기 어렵지만 확실히 그건 햇빛 냄새가 맞다. 집 밖에서 온종일을 재미나게 놀다 들어온 아이 같은 표정으로 돌아온 날, 하루를 나노 단위로 쪼개 부지런히 쓰다 들어온 날, 아내에게선 바삭하고 고소한 햇빛 냄새가 난다. 하루 치의 경험과 하루 치의 햇빛과 하루 치의 바깥 공기가 잘 섞여 있는 즐거운 향기.

아내는 취미 부자다. 가능하다면 이것저것 다양하게 경험하고 하나라도 더 배우려는 부류의 사람. 늘 무언가를 배우고 있는 중이거나 늘 어떤 모임에 발을 담그고 있으며, 늘 무언가 즐거운 걸 시작하는 중이거나 늘 무언가 새로운 걸 시작할 계획이라도 세우는 중이다.

처음 아내를 만나 연애를 할 때부터 활동적이고 에너지 넘치는 그녀의 긍정적인 면에 끌린 게 사실이었다. 누군가를 만날 때 반대의 성향이나 취향의 사람에게 매력을 느낀다는 말은 많이 들었지만, 그럼에도 가끔씩은 조금 신기하다 싶을 정도로 나와 그녀는 우주의 양 끝 같은 대척점에 서 있을 때가 많다. 한마디로 내가 '생각'에 무게를 두는 '사색형'에 가까운 사람이라면 그녀는 '경험'에 방점을 찍는 '체험형'에 가까운 사람이라고 설명할 수 있겠다.

둘이서 살아가는 소소한 일상에서도, 함께하는 여행에서도, 그녀와 나의 이런 취향 차이들은 때때로 좋은 영향이나 자극이 되기도 하고 가끔은 부대낌이나 사소한 충돌이 되기도 한다. 매일매일 서로의 다른 취향이나 성향들을 인정하고 포기하고 조율하고 배려하면서 우리는 점점 더 좋은 방향으로 둘만의 시간을 쌓아나가는 중이라고 생각한다.

아무튼, 나와 그녀의 여러 가지 다른 점 중에서도 내가 가장 따라 하고 배우고 싶은 부분은 바로 이 '취미'에 해당하는 부분이다. 사실 나는 오랫동안 이 '취미'라는 것에 소극적인 사람이었다. 20대에는 음악을 하고 싶어 이것저것 준비하고 고민하느라 마음이 바빴고 30대에는 그 음악이란 걸 실제로 하느라 몸이 바빴다. 곡을 만들고 가사를 쓰고 녹음을 하고 공연을 하는 일들을 반복하느라 여타의 일들 중에 내가 좋아하는 걸 찾아볼 여력이 없었다고 할 수도 있겠다. 아니 어쩌면, 좋아하는 건 누구보다 많았으되 그것을 행동으로 옮길 여유가 없었다고 하는 게 더 정확할지도 모르겠다.

아이러니하게도 그토록 하고 싶었던 음악이 직업이 되고 보니, 그 즐거웠던 음악도 심심치 않게 스트레스나 부담으로 작용하곤 했다. 그리고 그 스트레스와 부담은 시간이 생기면 사람들을 만나 술을 마시며 떠드는 정도로 해소하거나 혼자 조용히 쉬는 것으로 해소하는 경우가 거의 전부였다. 취미라고 할 만한 게 하나도 없는, 말하자면 말 그대로 무미하고 건조한 나날들.

유일한 취미라고 할 만한 게 '동네 공원 벤치에 가만히 앉아 있기'나 '맘에 드는 책이나 영화를 지루해질 때까지 보는 일' 정도였으니 나의 취미는 정말이지 빈곤하고 가난했던 게 사실이다. 아마도 많은 사람들이 나와 비슷하지 않을까 싶다.

바쁘고 정신없고 힘겨운 하루하루를 무사히 버티는 것이 매일의 숙제이니 취미 같은 건 어쩌면 일찌감치 사치가 되어버렸을지도 모른다.
취미에 대해 생각하다 문득 궁금해져 취미가 무슨 뜻인지 사전을 찾아보니 이런 뜻이란다.

1. 전문적으로 하는 것이 아니라 즐기기 위하여 하는 일.
2. 아름다운 대상을 감상하고 이해하는 힘.

'즐기기 위하여 하는 일'이라는 문장이 한 번에 눈에 들어와 박힌다.
좋은 말이다. 즐기기 위하여 하는 일.
어쩌면 조금 모호할 수도 있는 이 사전적 의미를 내 나름대로 다시 해석해보니 취미라는 건 결국 취향을 행동으로 옮긴다는 의미가 아닐까 싶어졌다. 물을 좋아하는 취향에서 멈추는 게 아니라 물을 좋아하기 때문에 수영이나 다이빙 같은 행동으로 자연스레 이어지는 것. 라틴 음악을 좋아하는 취향에서 시작해 살사나 삼바 같은 춤을 배워보는 쪽으로 움직이게 되는 것. 맥주를 좋아하는 취향에서 끝나는 게 아니라 수제 맥주 동호회에도 나가보고 직접 맥주도 만들어보는 쪽으로 발전하게 되는 것. 그래서 취미라는 건, 좋아하는 쪽으로 행동하는 것, 혹은 스스로를 즐겁게 하는 일에 적극적으로 시간과 노력을 할애하는 것이 아닐까 생각한다.

마음이 가는 것.
그리고 그 마음을 따라 몸이 움직이는 것.
써놓고 보니 취미라는 게 제법 근사하다.

취미는 그래서 중요하다. 해야 하는 일이 아니라 하고 싶은 일이니까. 생활을 위해 어쩔 수 없이 감수하듯 해야 하는 일이 있다면, 나 자신을 위해 놀이처럼 하고 싶은 일도 있어야 하지 않을까? 취미는 말하자면 온전하게 나를 위하고 나에게 몰입해보는 시간이 아닐까 싶다. 다르게 표현하자면 말 그대로 '잘 노는 일'이라고 해도 좋겠다. 자고로 잘 놀고 나면 잠도 잘 자고 밥도 잘 먹고 뭔가를 더 열심히 하고 싶어지는 법이니까.
나름대로는 좋아하는 게 많은 다양한 취향을 가졌지만 취미만큼은 가난뱅이였던 나 같은 사람은 결국 그 실천의 단계에서 매번 망설이다 그만두고 말았던 것 같다.
'할까? 말까?' 고민하다 '에이 뭘 해…. 그냥 쉬지 뭐.'
'푹 쉬어야 내일 또 일하지.'

'쓸데도 없는 걸 뭘 굳이 돈 쓰고 시간 써가며 배워.'
자신의 쓸모에 대해 깊게 생각하기 시작하면서 우리는 어른이 되어간다. 하지만 어느 날엔가부터 우리는 행복은 빠져버린 쓸모만을 생각하기 시작했다. 나의 쓸모가 사라질까 봐 불안해하느라 즐겁게 노는 일 같은 건 생각할 겨를이 없어진 것이다.
아직 아이였을 때 우리는 각자의 쓸모 따윈 생각도 하지 않고 좋아하는 것들에 몰입했었다. 해가 지도록 친구들과 뛰고 뒹굴고 열중하고 그야말로 무언가에 빠져 재미있게 '놀았다'.

너무 잘하려는 마음 없이
너무 앞서려는 경쟁 없이
그렇게 노는 동안 우리는 온전히 행복했었다.
사람은 잘 쓰이기 위해, 쓸모 있기 위해서만 사는 것이 아니다.
우리 모두는 행복하기 위해 산다.
뭐 그냥 대충 살다 쓸모없는 사람이 되어버려도 좋다는 얘기를 하려는 게 아니다. 우리가 하는 모든 일들 하나하나가 일일이 다 쓸모가 있어야 하는 건 아니라는 얘기를 하고 싶은 것이다. 쓸모 같은 거 없이도 의미 있는 것들은 얼마든지 많다. 때로 우리의 삶은 무용하고 아름다운 것들에 의해 완전히 바뀌기도 하니까.

늦여름, 해 질 녘의 바닷가를
형언하기 어려운 색으로 물들이는 저 아름다운 노을 때문에,
여행지의 낯선 골목에서 들었던
이름 모를 연주자의 구슬픈 노래 한 곡 때문에
우리는 다른 삶을 살기로 마음먹기도 하니까.

영화나 음악, 미술계의 거장이나 대단한 사업가, 하물며 스포츠 스타들까지도 그 일을 시작한 계기를 묻는 질문에 '그냥 좋아서'라고 대답한 인터뷰들을 종종 본다. '그냥 좋아서'라는 말 뒤에 더는 부연설명 같은 건 필요 없다.
그리고 그런 이야기를 볼 때마다 어쩐지 나는 마음 한쪽이 기분 좋게 떨린다. 자신의 쓸모 같은 걸 생각하고 경쟁하기 위해 시작한 게 아니라 그냥 좋아서 시작한 것이다. 좋아서, 행복하려고 시작한 일이 결국 그들을 아름답고 놀라운 수준의 어딘가로 데려간 것이다.
아내는 요즘도 '탄츠플레이(잘은 모르지만 현대무용의 일종이라고 알고 있다)', '재즈댄스', '수영', '도자기 교실', '독서토론 모임', '잡지 만들기 모임', '손뜨개질 모임' 등의 다양한 취미들과 모임을 가지고 있다. 이 중 몇 가지는 지속적으로 유지되고 몇 가지는 새로운 취미로 계속 교체되는 나름대로 효율적인

시스템을 꾸준히 지속해오고 있는 듯하다.
동네 청소년 수련 센터부터 SNS 기반의 모임까지 다양한 형태와 다양한 장소를 활용하고, 다양한 연령대와 다양한 직업군의 사람들과 만나고 교류하고 같은 관심사의 일들을 즐긴다. 그 각각의 취미들에서 그녀가 어느 정도의 실력과 성취를 이루고 있는지 나는 잘 모른다. 하지만 그것들을 하고 돌아온 날 아내에게서 느껴지는 생기나 발랄함은 분명히 알 수 있다. 아마도 아내에게서 나는 햇빛 냄새의 이유일지도 모르겠다. 꼭 돈이 많이 드는 고상하고 고급스러운 취미일 필요도 없고 남들과는 다른 뭔가 특별하고 근사한 취미일 필요도 없다. 다만 나 스스로 선택한 나 스스로가 좋아하는 일이면 된다.
아내는 취미에 있어서만큼은 누구보다 부지런하고 적극적이다. 좋아하는 것들을 위해 시간을 쪼개고 배분하고 노력을 기울이고 수고를 마다하지 않는다. 한마디로 나보다 훨씬 잘 논다. 자신이 좋아하는 걸 분명하게 찾아내고 그쪽으로 꾸준히 마음과 몸을 움직인다는 얘기다. 그런 매일매일이 모여 사람을 행복 근처로 데려가는 게 아닐까? 나는 아내의 그런 면을 부러워하고 존경하고 또 배우고 싶어 한다.

취향도 취미도 모두 하루아침에 만들어지는 건 아니라고 생각한다. 지금까지 살아온 날들이 모여 지금 그 사람의 취향과 색깔을 만들어낸 것이고, 지금 그 사람의 취향과 취미들이 모여 몇 년, 몇십 년이 지난 후 그 사람의 분위기나 삶을 설명할 거라고 믿는다.

가끔씩 사람들은 그런 얘기를 하곤 한다. '쟤는 뭘 해도 꾸준히 하는 게 없다'고. 꾸준히 못 하면 어떤가? 이걸 해보고 아니다 싶으면 얼른 다른 걸 해보면 되지. 세상에는 우리가 경험해보지 못한 세계가 아직 무궁하고도 무진하다.

또, 사람들은 말한다. '쟤는 아무래도 이 일에는 재능이 없는 것 같다'고. 재능이 없으면 어떤가? 못하는 건 못하는 대로 그냥 즐기면 되지. 이런저런 재밌는 일들을 해보며 잘하는 무언가를 찾아가는 일이 인생이고, 인생은 생각보다 길다.

아내를 만나고 연애하고 결혼하고 함께 지내는 동안 취미에 대한 나의 생각이나 움직임도 조금씩 달라졌다.

너무 고민하지 않고 해보는 쪽으로.

해보고 아니면 다른 걸 찾아보는 쪽으로.

누군가로부터 말미암아 좋은 의미의 변화를 경험하는 건 참으로 기분 좋은 일이기도 하다. 나는 그동안 산악자전거를 탔고 수영도 배웠고 프리다이빙도 하고 있고 테니스도 치고 있다. 가끔 맥주도 만들러 가고 브라질 영화 감상 모임 같은 데도 기웃거린다. 그리고 여전히 좋아하는 공원 벤치에도 꾸준히 앉아 있는다.

뭐 하나 제대로 하는 건 없지만,
그래도 좋아 한 다.
나의 이 보잘것없고 수준 이하의 실력인 다양한 취미들을.

역시나 아내와는 취향이나 성향이 좀 다른지라 공통의 취미를 찾는 일이 생각보다 쉽지 않다. 취미라는 게 꼭 둘이 함께 해야 하는 건 아니지만 같이 즐길 수 있는 것도 한두 가지쯤 있으면 좋겠다는 생각은 가지고 있다. 이것저것 다 해보는 게 유일한 방법이겠지. 그렇게 같이 해나가다 보면 함께 좋아하는 공통의 무언가도 한두 개쯤 만나지겠지. 그렇게 아내와 같이 즐겁게 할 만한 무언가를 몇 개쯤 가지고 있으면 그보다 좋은 친구가, 그보다 좋은 노후 준비가 없지 않을까 생각한다.

살면서 모을 수 있는 게 많겠지만,
나는 취미를 많이 모으고 싶다.
부자일 수 있다면 나는 취미 부자이고 싶다.

취미는 스스로에 대한 애정이고

취미는 삶을 대하는 사소한 태도이고

취미는 그 사람을 설명하는 하나의 색깔이다.

취미는 방전되어가는 영혼의 충전기이고

취미는 피로한 마음의 비타민이고

취미는 사람과의 관계에 대한 관심이다.

오늘도 음식 관련 동호회에 다녀온 아내에게서 햇빛 냄새와

함께 가벼운 향신료 냄새가 났다.

하루치의 취향 리스트

일요일 아침.

마침 떨어진 치약 때문에 마트에 가야 하나 고민하다 귀찮아진 나는 마지막으로 치약을 한 번 더 짜낸다. 이미 앙상해질 대로 앙상해진 치약 튜브를. 양쪽 엄지와 검지로 힘껏.

찔끔.

거울을 보며 이를 닦다가 멜로디와 가사는 이런 식으로 짜내지 말자고 잠깐 생각해본다.

치약을 골라야 한다.

하. 이게 이렇게 어려운 일이었다니.

식탁 의자에 앉아 스마트폰을 뚫어지도록 들여다본다. 가끔 사용하는 소셜 커머스에 '치약'을 검색하자마자 '와. 뭐가 이렇게 많아.' 너무 많은 종류의 치약들이 눈에 들어온다. 투 머치 인포메이션이란 바로 이런 거구나. 그냥 치약이면 되는데. 그래그래, 죽염 성분도 알겠고 치석 제거 성분도 알겠는데 응? 진지발리스? 진지발리스는 뭐지?

이런 어려운 결정의 순간 여지없이 '취향'이라는 녀석이 슬그머니 고개를 들이민다.

자. 우선 너무 포장이랑 광고가 요란한 건 빼고.

음. 너무 최신 제품도 왠지 못 미더우니까 빼고.

어디 보자. 뭐랄까, 첨가된 성분이 너무 많은 것도 빼자. 치약이 치약이면 되지 뭐.

이리저리 다 빼고 나니 결국 엄청 오래전부터 써오던 바로 그 치약이 남았다. 이 현란하고 화려한 치약의 세계에서 결국 나는 또 심플하다 뭔가 심심해 보이기까지 하는 정말이지 '후레쉬'한 이 치약을, 늘 그랬듯이, 또 선택했다.

'취향'이다.

무언가를 좋아하는 일.

결국 그쪽으로 향하는 마음.

아마도 나는,

너무 현란한 색과 디자인을 별로 좋아하지 않고

너무 최신의 것들을 바로 믿지 않고

너무 많은 기능과 재능이 탑재된 것들은 물건도 사람도 조금 현실감이 없다고 느끼는 사람.

어쩌면 좀 고리타분하거나 조금 심심할지도 모르는,

치약으로 치자면 마치 '후레쉬'한 치약 같은 그런 사람인가 보다.

치약 고르는 일부터 사람 만나는 일까지, 취향은 늘 우리의 하루에 깊숙이 개입한다. 옷과 커피를, 신발과 화장품을, 식당과 메뉴와 마실 술의 종류까지도 우리는 매 순간 끊임없이 선택해야 하며, 음악과 영화, 책과 공연, 헤어스타일과 누군가의 말투, 하물며 계절과 색깔에까지도 호불호가 생긴다. 어떤 건 좋아하는 분명한 이유가 있고 어떤 건 이유도 없이 그냥 좋다.

말 그대로 마음이 움직인다. 그쪽으로.
아침에 눈을 뜨는 순간부터 잠드는 순간까지 각자의 취향은 수많은 선택과 결정들을 이끌어내고, 그런 선택과 결정들이 모여 다시 각자의 색깔과 톤을 만든다. 어쩌면 이런 하루 치의 일용할 취향들과 함께 우리는 매일매일을 살아가고 있는 것이다.
'하루 치의 취향 리스트.'
알게 모르게 우리의 모든 순간에 취향은 개입한다. 어떤 것들은 좋아하다 금세 시들해져 버리고 말았고, 어떤 것들은 여전히 그때처럼 좋아하고, 어떤 것들은 대체 왜 그렇게 좋아했었나 싶고, 어떤 것들은 처음엔 별로였지만 점점 더 좋아진다. 어떤 것들은 행복이 되었고, 어떤 것들은 후회가 되었고, 어떤 것들은 뿌듯함이 되었고, 어떤 것들은 창피한 기억으로 남는다.
이렇게 크고 작은 다양한 '취향 경험'들을 거치고 나서 나에게 남은 것들이 비로소 '나만의 취향'으로 자리 잡고 각인되어가는 것이다. 동남아 음식을 처음 접했을 때 '고수'는 내게 생경하고 부담스러운 향신료였다. 하지만 여러 번 반복해서 먹다 보니 이제는 고수의 맛과 향을 즐기는 경지에 이르렀다. 싫어하는 사람들은 여전히 고수 특유의 맛과 향을 싫어하지만, 나에게는 부담스러운 향신료에서 좋아하는 맛과 향으로 진화한 것이다. 이런 음식 취향처럼 다른 취향들도 다양하게 접해보고 선택적으로 걸러져 개개인의 취향으로 자리 잡는 게 아닐까.

누군가의 우아하고 고급스러워 보이는 취향이 막연히 부러울 때가 있었다. 그래서 무작정 따라 해보고 흉내 내보기도 했지만, 시간이 지나고 경험들이 쌓이다 보면 어느새 자연스럽게 느끼게 된다. 내 옷이 아님을. 역시 맞는 건 맞고 안 맞는 건 안 맞는 법이니까.
이따금 다른 사람들의 취향이 근사해 보여 그 앞에서 나의 취향을 꺼내놓는 게 어려울 때도 있다. 어쩐지 볼품없다고 느껴지고 초라하다고 여겨지기도 한다. 맥주를 마시고 싶었던 날, 싱글몰트와 스카치의 세계를 찬양하는 모임의 분위기 속에서 나도 모르게 위축되어 맥주를 주문하지 못했다. 날씨도 기분도 꼭 맥주여야 했는데 말이다. 그리고 그날은 별로 행복하지 않게 취했던 기억이 난다.

나를 가장 나답게 만드는 게 '나의 취향'이다.
그러니 거기에는 레벨이나 수준이 없다. 논리와 객관도 필요 없다. 오로지 다양성과 '나'만 존재한다. 취향으로 누군가의 눈치를 볼 필요도 없고 누군가를 의식할 것도 없다. 다양하게 좋아해보고 나에게 맞는 걸 찾으면 그뿐이다.
그리고 존중하고 좋아하면 된다. 그렇게 만들어진 '나의 취향'을. 그게 나의 색깔이고 톤이고 마음의 방향이고 결국 '나'니까. 취향이 존재하는 이유는 결국 '나'를 행복하게 하기 위함이다.

좋아하는 일을 좋아한다.
무언가를 좋아하고 있는 내 상태를 좋아한다.
표정이 생기 있어지고 걸음걸이에 리듬감이 생기고 눈동자에서 윤이 나고 목소리에도 힘이 붙는다. 삶이 행복에 가장 근접하는 순간들. 무언가를 좋아한다는 건 그런 것이다. '취향'이라고 말하면 뭔가 더 근사하거나 남다른 무언가가 있어야 할 것 같지만 그냥 좋아하는 마음이 잦아지면 그것들이 모여 취향으로 자리 잡는다고 생각한다.

가수 '요조'가 불렀던 '좋아해'라는 노래가 있다. 이 곡의 가사를 쓸 무렵 취향에 대해 고민했던 기억이 있다. 누군가를 좋아하는 감정에 대해 쓰려다 보니 무언가를 좋아하는 일에 대해 생각하게 되었고, 일상에서 내가 좋아하는 것들에 대해서도 가만히 생각해보게 되었다. 그리고 그것들은 자연스럽게 취향에 대한 생각으로 이어졌다. 그래서 그 즈음 내가 좋아하는 것들을 하나하나 적어보기 시작했다.

생각보다 많지 않았다.

커피, 산책, 영화, 아이스크림, 여행, 미술관 등등을 적게 되었는데, 적어놓고 보니 어쩐지 밋밋한 느낌. 찬찬히 다시 생각해보니 이 취향들은 사실 조금 더 구체적이고 세밀했다. '카페 라테'였고 '가벼운 산책'이었고 '로맨틱 코미디'여야 했고 '녹차 맛 아이스크림'이었고 '하루짜리 여행'과 '무심코 들어간 미술관'이었다.

여기에 정말 나의 취향이랄 만한 게 한 번 더 개입했다. 내가 정말 좋아하는 것들은 '시럽을 넣지 않은 너무 달지 않은 라테'와 '비가 그친 직후 젖은 거리로 나서는 가벼운 산책'과 '몇 번이나 본 로맨틱 코미디 영화를 대사까지 따라 해가며 다시 보는 일'이었고 '샤워를 하고 머리가 조금 덜 마른 상태에서

먹는 녹차 맛 아이스크림'과 '갑자기 떠나는 하루짜리 여행'과 '햇살이 좋은 날 오래 걷다가 무심코 들어간 미술관'이었다.
다 써놓고 보니 나의 취향이라는 건 생각보다 소소하고 자질구레한 것들이었다. 너무 작고 하찮아서 다른 사람들에게는 별로 대단치 않을지도 모르는 순간들이 나에게는 좋은 기억이 되었고 그것들이 나의 취향으로 변해가는 것이었다.
결국 취향이라는 건 좋았던 순간에 대한 기억이 선택의 형태로 나타나는 게 아닐까 싶다. 좋았던 경험의 찰나들을 폴라로이드처럼 기억의 세포 어딘가에 저장시켜놓았다가 비슷한 색깔과 비슷한 톤의 무언가에 반응하고 끌리는 것. 식물이 햇살을 향해 움직이듯.

며칠 전에 산 하얀색 여름 티셔츠를 보자마자 후배가 한마디 한다.
"형, 티셔츠 샀어요?"
"응."
"근데 형, 그거랑 똑같은 거 몇 개 있지 않아요?"
"아냐. 좀 달라."
분명히 소재도 디자인도 다른 티셔츠였다. 하얀색이라는 것만 같을 뿐. 타인은 알 수 없는, 나만이 아는 그 미세하고 미묘한 차이들이 모이면 그게 나만의 취향이다. 그리고 그 작은 취향들이 모이면 그 사람을 설명한다.
그런 작고 미묘한 차이들까지 일일이 알아챌 만큼 사람들은 생각보다 타인에게 큰 관심이 없으며, 같은 이유로 취향 때문에 눈치 볼 필요는 없다. 타인에게 맞추려 본인의 취향을 숨기고 죽일 필요도 없고 타인의 취향을 무작정 따라 하거나 부러워할 이유도 없다. 그냥 나의 취향을 존중하고 타인의 취향도 그만큼 존중하고 인정하면 된다.

그리 특별하지 않고 그리 대단하지 않더라도
어쩌면 조금 볼품없고 어쩌면 조금 유난스럽더라도
내가 선택한 나의 취향으로
나의 하루를 즐겁게 채워나가면 된다.

하루의 시작은 역시 눈도 다 못 뜬 채 비몽사몽간에 마시는 커피 한 잔이 좋다. 요즘 같은 여름에는 눈치 볼 것 없이 매일 입는 반바지가 좋고, 별다른 스케줄이 없는 날이라면 급 만남 맥주 약속을 위해 차는 없는 편이 좋다. 점심은 특별한 약속이 없다면 혼자 소용히 먹는 게 좋고, 곡을 만들 때는 아무도 없는 작업실이, 가사를 쓸 때는 작업실 근처 큰 테이블과 식물이 있는 카페가 좋다.
오전 운동으로는 스트레칭과 함께 몸을 깨우는 웨이트 트레이닝이 좋고, 저녁 운동으로는 심장이 터지도록 뛰는 테니스가 좋다. 운동이 끝나면 역시 맥주 한잔을 할 텐데, 흔쾌히 나와준 좋은 사람과 함께라면 더없이 좋다. 안주가 프라이드치킨이라면 소금후추에 살짝 찍어 먹는 것이 좋고, 회라면 초고추장보다는 고추냉이 간장에, 고추냉이도 간장에 풀지 않고 회 위에 조금 올리는 게 좋다. 병맥주보다는 잔 비우는 맛이 있는 생맥주가 좋을 테고, 이런 계절에는 청량감이 좋은 라거 계열이 조금 더 좋을 테다.

얘깃거리도 못 되는 별 볼 일 없이 소소한 하루 치의 취향들. 오늘도 나는 나를 기다리는 하루 치의 취향 리스트들을 즐겁게 선택할 것이고, 아마도 그걸로 꽤 행복해질 예정이다.

말하자면 내 취향은 좋아하는 걸 좋아하는 것이다.

기타는 디자인이지

영화 〈비긴 어게인〉을 몇 번쯤 본 것 같다. 대충 짐작할 수 있는 뻔하다면 조금 뻔한 스토리지만 알고 봐도 마음이 간질간질하고 심장이 왈랑댄다. 아름다운 음악도 음악이고 배우들의 연기도 연기지만 무엇보다도 나를 잡아끈 건 여자주인공 그레타가 연주하는 기타 소리들. 어딘지 어설픈 듯하지만 다정하고 조심스러운 톤과 수줍지만 정성스러운 코드의 구성

음들이 귀를 간지럽혔다. 배경이 되어주는 뉴욕의 분위기와 기타 소리, 그리고 음악만으로도 화면은 가득 찼다.

기타는 매력적인 악기.
음악으로 밥 벌어 먹는 사람이 기타 좋아하는 거야 뭐 어쩌면 당연한 일일지도 모르지만 피아노나 드럼 같은 다른 많은 악기들 중에서도 유독 기타를 좋아한다.
그중에서도 어쿠스틱 기타.
나무로 만들어낼 수 있는 대단한 물건들은 너무도 많지만 그 중에서도 가장 대단하고 신기한 물건을 고르라면 역시 기타. 그 모양과 그 촉감과 그 소리와 그 분위기. 아무리 눈에 띄지 않고 평범해 보이는 사람이라도 적당히 낡은 기타를 안고 한 곡쯤 근사하게 연주해 보일 수 있다면 나는 그 사람이 엄청나게 멋져 보였으니, 에릭 클랩튼과 산울림, 시인과 촌장과 동물원, 김광석과 데미안 라이스에 이르기까지 기타를 메고 연주하며 노래하는 뮤지션들을 동경하며 나의 음악도 시작되었는지 모르겠다. 그렇게 기타를 좋아하면서도 연주 실력만큼은 이렇게 일관되게 별 볼 일 없는 수준인 걸 보면 좋아하는 것과 잘하는 것은 좀 다른 차원의 문제인가 싶을 때도 있다.
연주 실력이야 어찌 되었건 기타를 치며 무언가 흥얼거리는 순간만큼은 늘 행복에 가깝다. 가끔은 그 멜로디의 조각보들이 커다란 직물처럼 완전한 곡으로 직조되어주기도 하지만 그런 직업적 성취와는 관계없이도 기타 치고 노래하는 일이야 즐겁지 않을 리가 없다.

느지막하게 눈 뜬 일요일 오전,
세수도 하지 않고 드러누운 채 오래 쓴 낡은 기타를 끌어안는다. 창밖으로 햇살이 간간이 부서지고, 시간은 느리지도 빠르지도 않은 알맞은 속도로 흐른다. 이런저런 코드를 짚어가며 훌륭하지 않은 연주를 해보는 동안 아내는 향이 좋은 커피콩을 갈기 시작하고 나는 '아, 일요일이지. 좀 이따 목욕탕에 가야겠다'라고 생각한다.

그 별일 없는 순간을 좋아한다.
기타에는 그런 힘이 있다.
삶을 느슨하게 만들어주는,
긴장되고 뭉쳐 있던 감정의 응어리들을
부드럽게 이완시켜 풀어주는 힘.
연주 실력과 무관하게
기타를 치는 동안 모두는 음유시인이 된다.

나의 첫 기타는 종로 낙원상가에서 구입한 세고비아였다. 비싼 기타는 아니었지만 그 기타가 너무 좋아서 잘 때도 머리맡에 두고 잘 정도였는데, 그 기타가 지금 어디에 있는지는 나도 알 수가 없다. 아마도 꽤 오래 가지고 있다가 몇 번의 이사를 거치며 관리가 소홀해져 수명을 다한 것 같다. 그 뒤로도 나는 꽤 여러 종류의 어쿠스틱 기타들을 가졌었고 지금도 몇 대 가지고 있다.

사실 어쿠스틱 기타는 나무로 만든 악기라 계절마다 온도나 습도 같은 요인에 상당히 민감한 편이다. 너무 춥고 건조한 곳도 안 되고, 너무 덥고 습도가 높은 곳도 안 된다. 게다가 좋은 소리를 가진 높은 수준의 기타일수록 예민한 식물 다루듯 해야 한다고 하니 제법 세심한 정성이 필요한 듯하다.

나는 그렇게까지 수준 높은 고가의 기타를 가지고 있진 않지만, 어찌 되었건 어쿠스틱 기타도 식물이나 사람처럼 자주 만지고 자주 연주하고 자주 신경 써야 좋은 상태로 유지할 수 있는 것만큼은 분명하다. 세상 무엇이든 간에 오래 방치하면 못 쓰게 되는 법이니까. 실제로, 한동안 방치되어 조금 상태가 안 좋아진 기타도 적당한 온도와 습도에서 사람의 정성으로 꾸준히 관리하고 자주 연주하면 다시 원래의 상태로 회복되기도 하니 신기하다.

꽤 오래전 얘기지만, 음악을 본격적으로 시작하고 나서 그전에 쓰던 것보다는 조금 더 좋은 기타를 사고 싶어 악기점에 간 적이 있다. 지금도 그렇지만 그때는 지금보다 더 연주 실력도 보잘것없었고 어떤 소리가 더 좋은지도 가늠하지 못할 때라 친한 기타리스트 후배 P(그는 현재 활발히 활동하는 드라마 음악감독이다)와 함께 갔다. 그에게 연주해보고 조금이라도 소리가 좋은 걸 골라 달라고 조언을 구할 생각이었다.

이런저런 다양한 기타들을 조금씩 만져보고 소리도 내보고 하다가 P에게 말을 건넸다. 매장의 많은 기타들 중에 맘에 드는 서너 개의 기타로 후보를 추려놓은 상태였다.

"네가 좀 쳐보고 이 중에서 소리 좋은 걸로 하나 골라줘."

그런데 그의 대답은 내가 기대한 대답이 아니었다. 다소 엉뚱했다.

"기타는 디자인이지 뭐. 소리 그런 거 별거 없어. 형이 그냥 젤 맘에 드는 걸로 골라."

뭐 이런 싱거운 경우가 다 있나. 굳이 부탁해서 거기까지 같이 갔는데. 그렇게 뭔가 무성의하다 싶게 그중 마음에 드는 기타를 사서 악기점을 나왔다. 새 악기를 산 기념으로 그 기타리스트 후배 P와 생맥주를 한잔하며 이런저런 얘기를 하는데 그의 생각은 이랬다.

기타라는 게 결국 그걸 연주할 사람 맘에 드느냐가 제일 중요하다는 거다. 그래야 자주 만지고 쳐다보고 소리 내고 할 테니까. 남이 골라준 기타라면 아무래도 애착이 덜할 거라는 얘기. 그리고 남이 골라준 기타의 경우엔 연습하다가 실력이 늘지 않아 정체되거나 하면 기타 탓을 하며 흥미를 잃기 쉽다는 얘기. 악기의 소리라는 것도 결국 본인이 좋다고 느껴야 좋은 거지 남이 들어서 이게 좋다고 말하는 건 아무 의미가 없다는 얘기였다.

얘기의 결론은 '십만 원짜리 기타에서는 십만 원짜리 소리가 날 테고 백만 원짜리 기타에서는 백만 원짜리 소리가 날 테지만 그것보다 중요한 건 연주하는 사람의 손과 마인드가 얼마짜리냐는 거고, 그래서 기타는 그 기타를 연주할 사람 본인이 아끼고 애정을 쏟을 수 있는 걸 골라야 한다. 그리고 그 애정을 쏟을 수 있는 기타라는 건 결국 본인이 직접 고른 거다'였다.

그제야 나는 생맥주를 홀짝이며 고개를 끄덕였던 것 같다.

그때는 가벼운 얘기로 흘려들었지만 후배 P의 얘기는 두고두고 생각나곤 했다. 타인의 눈과 말이 신경 쓰여 마음이 어지러울 때, 타인의 기준과 안목이 부러워 스스로가 마음에 들지 않을 때, 나는 '기타는 디자인'이라던 그 후배의 얘기를 떠올리곤 한다. 남들이 좋다고 얘기하는 게, 혹은 남들이 맞는다고 단언하는 게 나에게는 별로 와 닿지 않을 때가 자주 있다. 책임지지 못할 타인의 기준보다 그 일의 당사자인 나 스스로의 기준이 훨씬 더 중요할 때가 많기 때문이다.

사실 기타는 디자인보다 소리가 훨씬 중요하다. 디자인을 감상하기 위해 기타를 사는 건 아니니까. 하지만 그 소리라는 걸 스스로 판단할 기준이 없다면 남의 얘기만 믿고 기타를 고르는 건 생각해볼 필요가 있다. 그건 내가 아닌 그 사람의 귀에 좋은 소리이니 말이다. 내 귀에 맞는 걸 고르지 못하겠다면 차라리 내 눈에라도 맞는 기타를 고르는 게 낫다는 얘기 아니었을까. 그래야 온전히 내 것이 되는 거니까.
어디 기타뿐일까. 삶의 모든 순간들이 그렇지.

그러니까 한 곡의 노래, 이를테면 한 번의 여행

'문득'이라는 말처럼 설레는 말이 또 있을까?

'문득, 당신 생각이 났어요'라는 말에는 알 수 없는 두근거림이 구름 뒤의 햇살처럼 숨어 있다. 설레다 못 해 일렁이는 두

글자, '문득'. 의식하지 못한 채 마치 본능처럼 떠오르거나 다가오는 것들을 아마도 우리는 '문득'이라고 얘기하는 게 아닌가 싶다. 어쩌면 삶이라는 걸 조금씩 변화시키는 것들은 엄청나게 대단한 것들이 아니라는 생각을 가끔 한다. 문득 떠오르는 한 곡의 노래라든가 문득 기억나는 한 번의 여행 같은 것들이 모여 조금씩 조금씩 마음과 생활의 방향키를 움직여 시간의 바다 위에 자신만의 항로를 만들어가는 게 아닐까.

1

그러니까 한 곡의 노래 말이다.
누구나 가지고 있을 한 곡의 노래.
그 노래를 떠올리는 것만으로도 누군가가 생각나고, 그 노래를 흥얼거리는 것만으로도 위로가 되고, 그 노래를 듣는 것만으로도 어쩐지 괜찮아지는 그런 노래.
음악을 듣는 데에도 분명하게 취향이라는 건 존재한다. 서정적이고 감성적인 음악을 감상하듯 듣는 걸 좋아하는 사람도 있고, 슬프고 아픈 음악으로 위로받는 사람도 있다. 신나고 즐거운 음악을 즐기듯 좋아하는 사람도 있고, 도발적이고 흥분되는 음악을 열광하듯 좋아하는 사람도 있다.

각자의 음악적 취향이란 건 정말이지 다양해서 일일이 다 말하기 어렵겠지만, 나의 경우엔 그냥 무작위의 음악들을 계통 없이 들어보는 편에 가깝다. 오래전, 아직 CD로 음악을 듣던 시절에도 별다른 정보 없이 디자인이나 팀의 이름 등에 끌려 구입한 앨범들이 제법 있었다. 내 취향이거나 아닐 가능성은 반반쯤 되었지만 나에겐 꽤나 재미있는 취미였다. 간혹 아무도 몰랐던 그 아티스트가 시간이 흘러 유명한 뮤지션이 되어 주기라도 하면 알 수 없는 뿌듯함마저 느끼곤 했으니까.
요즘은 음원의 형태로 음악을 들으니 다국적의 낯선 음악들을 들어보는 일이 오히려 더 편리하고 쉬워졌다. 접하지 못했던 다양한 장르의 음악을 듣다 보면 유독 끌리는 곡이나 아티스트가 있는데, 이 한 곡의 노래가 조금씩 발전하면 장르적 취향으로 자리 잡는 것 같다.
음악이 직업인 사람이니 뭐 좀 고급스럽고 전문적인 음악 취향이 있겠다고 생각하시겠지만 실상은 그렇지가 않다. 아주 심플하게 그냥 좋아하는 음악을 듣는다. 그게 내가 음악을 듣는 방식이다. 듣는 음악에 일로서의 직업적 전문성은 개입되지 않는 것 같다. 좋아하던 음식이 싫어지고 싫어하던 음식이 좋아지는 것처럼 식성이라는 게 조금씩 변해가는 경우가 있는데, 음악도 마찬가지여서 한동안은 발라드였다가 록 음악이었다가 포크였다가 재즈일 때도 있고 알앤비이거나 펑크일 때도 있다. 그때그때 내 마음과 기분이 원하는 것들을 그대로 받아들이는 게 음악을 듣는 가장 좋은 방식 아닐까? 트로트와 보사노바가 각각 다른 때 다른 방식으로 감흥과 흥취를 주니 말이다.

누구에게나 계절이 바뀔 때쯤, 아니면 마음이 고단할 때쯤, 위로받고 싶거나 축하받고 싶을 때쯤 '문득' 떠오르는 노래가 한 곡쯤 있지 않을까?

무척이나 고르기 어렵지만 나에게 딱 한 곡의 노래를 고르라고 한다면 나는 그 수많은 노래들 중 그룹 '어떤날'의 '그런 날에는'이다. 나는 이 노래의 가사와 멜로디, 그리고 이 노래의 연주와 목소리에 무언가 마법 같은 게 있다고 믿는다. 1989년쯤 발표된 이 곡을 나는 10대의 끝자락에서 시작해 20대, 30대를 거치는 내내 즐겨 들었고, 어느덧 40대인 지금도 여전히 가끔씩 듣고 있다.

심야의 라디오 프로그램에서, 혼자 걷던 밤의 쓸쓸한 거리 위에서, 푸릇한 아침의 여행지에서, 잠 못 들던 새벽 작은 방 안에서, 초록으로 넘실거리는 여름의 산과, 파도가 출렁이는 겨울의 바닷가에서, 그리고 적당히 취한 밤 집 앞의 놀이터 그네에 걸터앉아 나는 이 곡을 참 많이도 들었다.

가끔은 아팠고

가끔은 외로웠고

가끔은 고단했거나

가끔은 그저 먹먹했던 그런 날들마다,

어쩐지 시간이 잠시 내 편같이 느껴졌고

어쩐지 달빛은 나를 비추는 듯했고

어쩐지 누군가 곁에 있는 것 같았고

어쩐지 괜찮아지는 것 같았다.

이 한 곡의 노래는 누구의 말보다 따스한 위로가 되었고, 그 어떤 장소보다 평화로웠으며, 그 어떤 조언보다 힘이 되어주었다. 나의 삶 이곳저곳에서. 그러니 이 노래는 차라리 마법에 가깝다. 가사로 노래 전체를 느낄 순 없겠지만 그래도 조금 적어둔다. 내 한 곡의 노래.

햇살이 아프도록 따가운 날에는

비가 끝도 없이 쏟아지는 날에는

휘날리는 깃발처럼 기쁜 날에는

떠나가는 기차처럼 서글픈 날에는

난 거기엘 가지 파란 하늘이 열린 곳

태양이 기우는 저 언덕 너머로

난 거기엘 가지 초록색 웃음을 찾아

내 가슴속까지 깨끗한 바람이 불게

— '어떤날'의 '그런 날에는' 중에서

당신에게도 그런 한 곡은 있겠지. 누군가의 한 곡이 가끔 궁금해진다.

2

이를테면 한 번의 여행 같은 것 말이다.
그래. 여행만큼 취향이 적극적으로 개입하고 색깔이 분명히 드러나는 일도 또 없다. 왜냐하면 여행이라는 건 각자가 쌓아 올린 그 다양한 성격과 경험과 습관과 색깔들이 원래의 일상이 아닌 전혀 낯설고 새로운 시공간에 총출동해 여기저기서 충돌하는 '스타워즈' 같은 일이니까. 준비부터 실행까지. 음식부터 일정까지. 숙소부터 시간 보내기까지. 뭐 하나 결정이 아닌 게 없고 취향이 아닌 게 없는 게 여행이니까 말이다.

누군가는 비행기 표만 달랑 사서 떠나는 미지경의 여행을 좋아하고, 누군가는 캐리어 싸는 순서부터 식당 고르는 일 하나까지 완벽한 일정을 짜두고 출발해야 마음 편한 여행이 되기도 하니 여행의 취향이야말로 내가 아직 못 가본 나라만큼이나 다양해서 모두 언급하기 어려울 정도 아닐까. 오롯이 혼자 떠나는 여행만을 선호하는 사람도 있고 여럿이 함께하는 여행을 좋아하는 사람도 있다. 도시와 자연, 휴양지와 오지, 자유여행과 패키지여행(물론 패키지에도 자유는 있지만 편의상 이렇게 나누기로 한다), 국내와 해외 등등 그 수많은 여행의 취향들을 일일이 나열하기도 어렵겠지. 게다가 여행 자체를 별로 내켜 하지 않는 것도 존중해야 할 여행의 취향이라고 할 수 있으니 말이다. 어떤 사람은 일상을 여행처럼 살고 어떤 사람은 여행을 일상처럼 떠나니 이쯤 되면 여행이야말로 취향의 궁극 아닐까?

나로 말하자면, 우선은 여행 떠나는 일을 좋아하는 편이라고 말할 수 있다. 짐 싸고 푸는 일이 좋고, 떠나기 전 그 얼마간의 설렘이 좋다. 이른 아침이나 늦은 밤의 공항 냄새와 여행자들에게서만 느껴지는 느슨한 편안함이 좋다. 아직 못 가본 곳이 너무 많지만 틈틈이 제법 많은 곳을 다닌 편이고, 꽤 다양한 방식의 여행을 경험했다고 할 수도 있다. 혼자 떠난 미지정의 여행부터 팀으로 다닌 배낭팩, 그리고 결혼 후 아내와 둘이 다닌 최근의 여행들까지.

여행이라는 것도 다른 것들처럼 학습된다. 취향은 발견되고 발전하니까. 나는 여행이 취향을 발견하는 보물창고 같은 것이라고 생각한다. 여행이라는 미지정의 시공간은 같은 경험을 하더라도 그간의 경험들과는 차별해 더 선명하고 풍성하게 기억하게 만드는 힘이 있다. 이를테면, 서울에서 마시는 이탈리아 와인과 이탈리아에서 마시는 이탈리아 와인의 감흥이 좀 다를 수 있다는 것이다. 와인의 가격이 비싸건 싸건 그런 것에는 관계없이 말이다. 물을 무서워하던 나는 여름휴가로 다녀왔던 팔라우에서의 바닷속 경험 덕에 수영과 다이빙을 배우게 되었고, 아르헨티나에서 본 탱고 공연은 몰랐던 탱고 음악을 한 곡 한 곡 찾아 듣게 했으니 말이다.

여행에 관한 나의 취향은 늘 조금씩 변해왔다. 다음번에 떠날 여행지와 그때의 내 취향은 또 그때의 내가 알지 싶다. 다음 여행의 시기도 기분도 장소도 시간도 지금은 알 수 없으니 말이다. 언제 떠날지 모를 다음번 여행지를 틈날 때마다 생각하고 지도를 찾아보고 숙소를 검색해보고 설레하는 것도 내 여행의 취향이라면 취향일 수 있겠다. 내 휴대폰의 세계 시계는 늘 가고 싶은 여행지의 시각으로 가득하다. 바쁘고 정신없고 빠듯하고 힘들 때마다 한 번씩 들여다보곤 한다.

'아아, 케냐는 지금 아침 6시구나. 누 떼들이 일어났으려나?'

그런 상상만으로도 좀 나아진다. 그리고 아내에게 수시로 묻는다.

"우리 담에 어디 갈까?"

언제일지 모르는 그 여행이 우리를 웃게 하고 숨 쉬게 하고 살게 한다. 지금 당장 떠날 순 없더라도 지금 당장 설렐 순 있다.

그동안의 여행 중에 한 번의 여행을 꼽으라면 두말할 것도 없이 작년 아내와 함께한 두 달이 조금 넘는 남미 여행이다.

우리는 행복했고
때때로 힘들었고
서로에게 의지했고
누구보다 즐거웠으며
매 순간 살아 있었다.
함께.

그게 우리에게 얼마나 커다란 위안이었는지, 시간이 흐른 뒤 서로 꺼내어 보며 두고두고 얘기하지 않을까 싶다.

쿠스코의 하늘을

우유니의 석양을

아타카마의 태양과

부에노스 아이레스의 공기와

리우의 바다를.

함께 본 모든 것들을.

함께 얘기할 것들을 만들어준다, 여행은.

마주보고 앉게 한다, 여행은. 그거면 됐다.

문득 꺼내어 듣고 싶은 노래 한 곡이,

또 문득 떠오르는 여행의 기억 몇 장면이

어쩌면 우리를 살게 하는 것 아닐까.

색깔이 되어주고 마음의 방향이 되어주는 게 아닐까.

오늘도 우린 각자의 노래를 듣고

각자의 여행을 시작할 테니까.

언젠가 '문득' 떠올라 다시 나를 두근거리게 해줄 무언가가

내일의 모퉁이 어딘가에서 나를

기다리고 있을 테니까.

좋은 공기

이른 아침.

눈을 뜨자마자 기지개를 켜며

'아아, 좋다'라는 혼잣말이 나도 모르게 새어나왔다면

그곳과 그 사람은 이미 나의 마음을 사로잡은 상태.

너무 늦게 도착해버려서 깜깜한 그 도시가 어떻게 생겼는지 같은 건 가늠조차 하지 못했다. 오래 비행기를 탔고 많이 걸었고 물어물어 겨우겨우 숙소에 도착한 새벽 1시. 좀비처럼 체크인을 하고 물 두 병을 사서는 미처 마시지도 못하고 잠이

들어버렸다. 시장이 반찬이듯 피곤이 수면제. 그렇게 기절하듯 몇 시간쯤 자고 눈을 떴는데 그냥 좋았다.

'아아, 좋다.'
그래 그냥 좋은 거.
느낌이든 기분이든 아무튼 좋은 거.

커튼 사이로 새어 들어오는 햇살의 강도
눈이 부서 한쪽 눈만 가늘게 뜨고 본 시계의 숫자 배열
몸에 닿아 있는 침대 시트의 감촉과 질감
아직 잠들어 있는 당신의 숨소리와 속도
그런 모든 것들이 종합적으로 만들어내는 좋은 상태.

아내는 여행의 시작 전부터 이 도시가 기대된다고 했고, 사실 나에게는 그냥 유럽이나 남미의 여느 대도시와 크게 다르지 않은 처음 가보는 도시 정도의 의미였는데, 당신의 기대 때문인지 나도 조금은 기대하게 된 듯하다.
당신이 좋아하는 곳이니까.

공기처럼.

기대와 설렘은 누군가에게 영향을 미친다.

함께 느끼고 같이 만지고 나누어 마신다.

성분과 느낌 하나까지 전달되고 전이된다.

부에노스 아이레스.

Bueno는 '좋다', Aire는 '공기'.

스페인어로 부에노스 아이레스는

좋은 공기라는 뜻이라고 한다.

어쩌면 이 도시는 이름의 의미까지 예쁠까?

그런 생각을 했다.

나는 당신에게 좋은 공기 같은 사람일까?

당신을 숨 쉬게 하는 사람일까?

당신과 당신을 둘러싼 모든 것들이

나에게는 좋은 공기 같다고 말하면,

당신은 또 쓸데없는 소리 말고

커피나 마시러 나가자고 하겠지.

당신은 나의 '부에노스 아이레스'.

계절의 속도

•

낯설던 무언가가 어느새 익숙해지고

익숙하던 무언가가 이상스레 서먹해지고

그 모든 것들이 너무도 자연스러워서

어쩐지 '내'가 '나' 같지 않게 느껴지는 어느 날.

그런 날 문득, 새 계절은 오더라.

늘 생각보다 이르게.

이맘때쯤

함께한 일을 마치고 집에 바로 들어가기는 어쩐지 아쉬운 어느 밤. 점퍼 주머니에 손을 찌르고 누가 먼저랄 것도 없이 둥그렇게 모여 "그래서 우리 어디 갈까?"라며 의견을 모으던 주차장 앞. 누군가 마치 해결사처럼 "이맘때쯤엔 따뜻한 어묵탕에 사케 한 잔이 좋지"라고 말해주는 그 순간을 좋아한다. 누군가 그렇게 말을 해주면 나는 아주 잠깐 동안이지만 그 사람의 과거 중 어느 한 시점으로 시간 여행을 해서 김이 모락모락 나는 어묵탕에 사케 한 잔을 홀짝이는 그 사람을 훔쳐보고 온 것 같은 기분이 되어버린다.

'이맘때쯤'이라는 말을 좋아한다.
그 말의 모양과 그 말의 발음, 그 말의 온도까지 모두 좋아한다.
4월 이맘때쯤은 혼자서라도 꼭 통영으로 봄을 맞으러 가야 한다는 사람과 5월 이맘때쯤엔 무슨 일이 있어도 남해에 가서 도다리를 먹어야 한다는 사람.
그들의 바지런한 설렘이 좋다.

6월 이맘때쯤엔 꼭 청포도 주스를 마시며 휴가 계획을 세워야 한다는 사람과 7월 이맘때쯤엔 하던 일을 멈추고서라도 양양에 가서 서핑과 수제 맥주의 나날들을 보내야 한다는 사람.
역시나 그들의 용감한 무모함이 좋다.

8월 이맘때쯤이면 꼭 〈8월의 크리스마스〉를 다시 본다는 사람과 9월 이맘때쯤엔 주말마다 음악 페스티벌을 다니며 햇살과 음악 속에 흠뻑 빠져야 한다는 사람.
그들의 보드라운 서정과 반짝이는 에너지가 좋다.

10월 이맘때쯤엔 동물원의 '흐린 가을 하늘에 편지를 써'만 듣는다는 사람과 11월 이맘때쯤엔 어쩐지 얇은 패딩을 입고 야외 캠핑장에서 대충 막 구운 삼겹살에 소주 한잔을 해야 한다는 사람.
그들의 알싸한 감성과 텁텁한 정이 좋다.

12월 이맘때쯤에는 못 갈 게 분명하지만 눈 내리는 삿포로행 비행기 표라도 알아봐야 마음이 편하다는 사람과 1월 이맘때쯤에는 못 지킬 게 뻔한 계획이라도 잔뜩 세워야 제맛이라는 사람.
그들의 팍팍하지만 두근거리는 삶의 태도가 좋다.

2월 이맘때쯤엔 목욕탕에서 목욕을 하고 나와 먹는 우동 한 그릇이 최고라는 사람과 3월 이맘때쯤엔 동네 카페 테라스에서 좀 이르게 봄 기분을 내며 마시는 커피 한 잔이 참 좋다는 사람.
그들의 담백한 일상과 세심함이 좋다.

이맘때쯤 당신은 무슨 생각을 할까?
이맘때쯤이면 떠오르는 노래와
이맘때쯤이면 떠오르는 영화

이맘때쯤이면 떠오르는 장소와

이맘때쯤이면 떠오르는 사람

이맘때쯤을 기억하게 하는 수많은 무언가는 어쩌면 당신이 사랑했던 것들이 아닐까 생각한다. 그렇게 수많은 이맘때쯤이 쌓이고 쌓여 어쩌면 지금의 당신이 만들어진 게 아닌가 생각한다. 그러니, 지금 당신이 정성껏 사랑한 무언가가 또 언젠가 당신의 이맘때쯤을 기억하게 하지 않을까 생각한다.

어떨까 당신은?

언젠가 당신의 이맘때쯤이 되어줄 무언가를 지금 이 순간 마음껏 사랑하고 있을까?

자잘하고 별것 아니지만 소중한 당신의 이맘때쯤은 지금도 잘 채워져가고 있을까?

길치 라이프

'50미터 전방에서 11시 방향 우회전입니다.'

가끔씩 이 내비게이션이란 녀석은 테러리스트에 가깝다. 도대체 어디쯤이 50미터이며 11시는 왼쪽인데 어찌 우회전이 가능하단 말인가? 내비게이션만 철석같이 믿고 있었는데 이쯤 되면 알던 길도 헷갈리기 시작한다. 우왕좌왕하는 나를 향해 누군가 경적이라도 울리기 시작한다면 이제 운전은 나를 혼돈의 세계로 안내한다.

길을 잘 모른다.

처음 가보는 길은 물론이고 여러 번 갔던 길조차도 헤매는 스타일이다. 전형적인 길치라고 할 수 있다. 요즘처럼 지도와 내비게이션이 잘 갖추어져 있는데 길을 못 찾는다고 말하면 사람들은 조금 의아해하지만, 정말 길치인 사람들은 알 것이다. 길치들에게 지도와 내비게이션은 혼란만을 가중시킬 때가 상당히 많다는 사실을 말이다. 아무리 지도를 들여다봐도 방향감각 자체가 없는 편인 데다가 기준이 되는 건물이나 랜드마크를 이용해 동서남북의 방위를 유추하고 내가 갈 곳을 예측해보는 식의 공간지각 능력은 아예 제로에 가깝다.

싱거운 상상이지만, 만일 내가 조선 시대에 태어났다면, 저기 남쪽 지방 어디쯤 양반가에서 태어났고 어려서부터 학문에 재능이 있고 공부를 엄청 잘해 과거를 볼 수 있는 상황이었다면, 그렇다고 하더라도 불행하게도 아마 나는 한양 가는 길을 제대로 찾지 못해 벼슬길에 오르지 못했을지도 모른다는 실없는 생각을 해본 적이 있다.

길만 모르는 건 아니다.

운전도 잘 못 하고 차에 대해서도 잘 모른다. 원래 기계치에 가까운지도 모르겠다. 처음 차를 사고 운전을 시작했던 날을 잊을 수 없는데, 중고차 시장에서 차를 인수해 집에까지 가는 동안 백미러를 펴지 않은 채 차를 몰고 갔었다. 다시 말해, 너무 긴장한 나머지 완전히 경직된 채로 단 한 번도 백미러를 통해 다른 차들을 보지 않고 오로지 앞만 보며 운전을 한 셈이다. 지금 생각해보면 말도 안 되는 일이지만 별 사고 없이 무사했으니 다행일 뿐이다. 상황이 이렇다 보니 운전을 20여 년이나 한 지금도 아예 모르는 곳에 처음 갈 때는 차를 가져가는 걸 꺼리게 되는 건 어쩔 수 없는 일이다.

꽤 오랫동안 운전도 잘 못 하고 길도 잘 모르는 나 자신에게 스트레스를 좀 받았던 게 사실이다. 게다가 어쩐지 능숙한 운전과 노련한 방향감각은 믿음직한 남성의 트레이드마크 같다는 이상한 인식 때문에 더 신경 쓰이고 더 잘하고 싶었는지도 모르겠다. 운전도 잘하는 척, 길도 잘 아는 척. 왠지 그래야 괜찮은 남자 같아 보일 것 같은 이상한 느낌. 하지만 금세 내 운전 실력과 방향감각은 탄로가 나고 말았다. 운전이란 게 생각보다 돌발 상황도 많고 임기응변도 잦은 데다 길을 외우고 능숙한 척하는 데는 한계가 있으니 말이다. 갑자기 끼어든 대형차 한 대에도 나는 식은땀을 흘리며 맥없이 무너지곤 했고, 좁은 골목에서의 후진 상황이라도 생긴다면 거의 울기 직전의 표정이 되곤 했다.

왜 그렇게 잘하는 척하고 싶었을까? 아마 잘 못 하는 나 자신을 인정하고 싶지 않았는지도 모른다. 못할 수도 있다는 건 아는데 못한다고 말하기는 싫은 거. 남들은 못할 수도 있지만 내가 못하는 상황은 인정하기 싫은 거. '남들은 다 잘하는데 왜? 왜 나만 못하는 거지?' 하는 식의 생각이 아니었을까? 심지어 간혹 내 엉망인 운전 실력을 놀리는 친구들까지 있었으니 더 그랬을지도 모른다.

싱글이던 시절 몇 년간 분당에 살았던 적이 있다. 이사하던 날 이삿짐 차를 따라갔던 길을 기억해 그 길로만 매일 서울을 오갔다. 공원을 끼고 달리는 길이었는데 무엇보다 그 길의 풍경이 맘에 들었다. 몇 년간 아무런 불만이나 의심 없이 다녔는데 다시 서울로 이사를 나올 때쯤 우연히 알게 된 건 그 길이 꽤나 돌아가는 길이었다는 것이다.

나는 그런 사람이었던 것이다.

아예 무지한 사람.

길과 방향에 관해선 태생적 결함이 있는 사람.

노력한다고 나아지지 않을지도 모르는 사람.

시간상으로 치자면 한 10~20분쯤. 왕복이니 한 20~30분쯤은 매일 손해를 보며 다녔던 셈인데, 몰랐을 때는 하나도 아까운 줄 몰랐던 이 시간들이 알고 나니 엄청 손해 본 기분이었다.

그 기분이 별로였다.

그래서 그때 생각했다.

그냥 길치, 운전치, 방향치를 다 인정하고 살기로.

운전 잘하는 척, 길 잘 아는 척, 차 잘 아는 척 안 하기로.

인정하고 나니 손해 볼 일이 없어졌고 운전에 대한 스트레스도 조금 줄었다. 뭐 여전히 가본 적 없는 모르는 길과 난해한 주차들은 나를 위축시키지만.

여전히 나는 길을 잘 모른다.

운전도 실력도 그다지 나아지지 않는다. 헤매고 놓치고 돌아가고 유턴하는 일이 일상다반사다. 누군가와 약속이 있거나 방송이나 녹음 같은 중요한 일들이 있을 때는 늘 시간보다

30분쯤 여유 있게 나오려 하는 편이다. 길을 놓치거나 헤매거나 돌아가느라 시간을 손해 볼지도 모르기 때문이다. 그뿐이다. 조금 일찍 출발하는 걸로 대부분의 문제는 해결된다. 그 때문에 오히려 약속에 늦는 일이 거의 없는 편이고 조금 일찍 도착하는 일들도 상당히 많다. 미리 도착해 남는 시간엔 책을 보거나 그날 미팅의 주제를 다시 생각해보거나 한다.

길을 그리 모르는데도, 운전을 그리 못하는데도 차 안에 있는 시간들은 좋아한다. 처음 중고차를 샀을 때, 비가 오면 굳이 좋아하는 CD를 들고 주차해놓은 차로 가서 빗소리와 함께 음악을 듣곤 했다. 그 시간들이 지금도 선명하다.
차창에 빗방울이 리드미컬하게 떨어지고
좋아하는 음악이 함께인 혼자만의 시간.
길치인 대신 음치는 아니었고
방향치인 대신 박치는 아니었고
기계치, 운전치인 대신 감성치는 아니었다. 다 행 히 도.

운전하는 동안 좋은 생각을 많이 하는 편이다.
새로운 일의 구상이나 멜로디 혹은 가사 같은 것들. 어쩌면 그런 소소한 생각들이 많아 운전이 더 형편없고 주의가 더 산만해지는지도 모르겠다. 하지만 그 또한 나이니 그냥 인정하고 산다. 다만 안전하게 조심해서 운전한다는 기본적인 규칙만은 지킬 뿐이다. 나는 여전히 다른 사람들보다 돌고 돌아 원하는 장소에 가고 있는지 모르지만 이제 크게 개의치 않는다. 10~20분 느리게 간다고 그렇게 손해 보는 것도 아니고 그렇게 모양 빠지는 일도 아니다.

돌아가면 어떤가?
돌아가는 대신 풍경을 보았는데.
돌아가는 대신 좋은 생각을 했는데.

연애하던 시절, 아내에게 '나는 운전을 잘 못 하고 길을 잘 모른다'고 털어놓았다. 솔직했을지언정 멋이라곤 1도 없지 않았을까 싶다. 여전히 아내는 내 운전에 큰 기대를 하지 않는다. 그러려니 해준다. 가끔 내가 운전 때문에 스트레스 받아하면 본인도 힘들 텐데 잘 이해해줘서 늘 고맙다.
재미있는 건, 아내는 거의 인간 내비게이션, 베스트 드라이버란 사실이다.

러브 테니스

늦은 밤, 맥주를 홀짝이며 불 꺼진 거실에서 윔블던 결승 중계를 보다가 갑자기 테니스가 치고 싶어졌다. 하얀색의 운동복과 파란색의 하늘 그리고 연두색의 공. 긴 랠리가 이어지다 한 선수가 불끈 주먹을 쥐어 보이고 체어 엄파이어의 목소리가 경기장에 울려 퍼진다.
"포티 러브."

돌아오는 주말에는 한동안 못 갔던 테니스 모임에 나가봐야겠다.

운동신경으로 말하자면 역시나 예상하셨겠지만 별로 내세울 것이 없다. 그러니 딱히 잘하는 운동 역시 있을 리 만무하다. 아쉽게도 스포츠라는 이 거대하고도 다양한 카테고리의 주제 앞에서도 나의 이야깃거리는 빈곤하기 그지없다. 보는 것도 실력이라면 초등학교 6학년 때 OB 베어스 어린이 팬클럽 회원으로 출발한 프로야구를 가장 열심히 보았고, 대학농구와 NBA를 한동안 즐겨 보았다. 월드컵이 열릴 때나 올림픽이 있을 때마다 TV 앞에서 환호와 탄식의 시간을 보냈고 잉글랜드 프리미어리그나 스페인의 라리가도 우연히 새벽 시간에 잠이 안 오면 챙겨 보는 정도였으니, 그냥 주위 사람들과의 가벼운 대화 소재로 기본적이고 평범한 수준의 관심을 가지며 지낸 것 같다.
생각해보면 학창시절 내내 운동을 잘하거나 즐기는 부류는 아니었는데, 체격이 좋다거나 그리 튼튼한 편도 아니었고 활동적이고 외향적인 성격도 아니었으니 어쩌면 당연한 일이었는지도 모르겠다. 그나마도 성인이 되고 나서부터는 이것저것 조금씩 해보려 했지만 꾸준히 계속해온 것들은 거의 없는데, 겨우 혼자 하는 웨이트 트레이닝이나 러닝으로 체력을 단련하는 정도가 지금까지 내 스포츠 인생의 거의 전부라고 할 수 있다. 일이 안정되고 서른이 넘고 나서야 주변 지인들의 소개나 권유로 접하게 된 운동들이 몇 가지 있는데, 한동안 산악자전거를 간간이 탔었고 동네 수영장에서 수영을 조금씩 하는 정도다.

자. 이쯤에서 한마디 하자면, 딱히 스포츠라 할 만한 것도 못 되는 내 운동 취향은 주로 혼자 하는 종목이거나 누군가와 함께한다 해도 승부를 가르는 종목이 아니라는 점이다. 처음엔 잘 몰랐었는데 내가 공을 사용하는 구기 종목이나 라켓 스포츠, 팀플레이를 하는 운동들을 많이 해보지 않은 데에는 내 운동신경이 별로라는, 말하자면 운동을 잘 못 한다는 이유도 있었지만, 반드시 누군가는 이기거나 져야 하는 승부가 걸린 스포츠를 부담스러워한 성격 탓도 있지 않나 싶다. 야구나 축구 혹은 농구 같은 팀 경기를 하다가 개인적인 실수를 해서 팀에 민폐를 끼치거나 하는 상황들이 아마도 싫었던 것 같고, 그런 실수를 하지 않으려 긴장하느라 집중하지 못하니 원래도 없는 운동신경은 더 형편없어졌던 것 같다.
'이기지 않아도 상관없지만 그렇다고 지고 싶진 않아.'

아마도 나는 그런 심정이 아니었을까? 게다가 나로 인해 지는 거라면 더더욱 견디기 어려웠겠지. 한마디로 말하자면, 나는 지고 싶지 않아서 그런 종목들을 즐겨 하지 않은 건지도 모른다. 즐기자고 하는 운동이 오히려 스트레스로 작용하는 좋지 않은 상황. 아니, 좀 더 정확히 말하자면 나는 져도 상관없는데 나 때문에 팀 전체가 질지도 모른다는 게 싫어서, 그 책임과 부담이 내 몫이 되는 게 싫어서 아예 그런 운동들을 멀리한 건지도 모른다. 어쩌면 그것마저도 자격지심이었을지도 모르지만. 아무도 뭐라 하는 사람은 없었는데 혼자 그렇게 생각하고 선을 그어버린 건지도 모르지만.
잘 못 하는 쪽보다는 아예 안 하는 쪽을 택해버린 것이다.

몇 년 전에 테니스를 시작했다. 평소에 친한 테니스 마니아 발라드 가수 S 군이 강력히 추천했다. 한번 해보라는 권유에 몇 번이나 "응응" 하며 긍정도 부정도 아닌 싱거운 대답으로 넘겼었는데 레슨 선생님을 소개해주고 동호인 모임도 소개해주고 하는 통에 엉겁결에 코트에 나가게 되었다.
"좋은 운동이니까 꼭 해봐, 형."
내 기본적인 성격이나 그동안의 성향으로 보면 테니스도 꺼려야 하는 종목임에 틀림없다. 승패를 가르는 운동이고, 동호인 모임의 경우에는 단식보다 복식 경기가 많아 누군가와 팀을 이뤄야 하니 말이다.
그런데 시작했다.
나에게는 어려웠던 일.
테니스라는 라켓 스포츠를 직접 하기로 결정한 것이다.
그 후 수년째 계속하고 있지만 역시나 운동신경이나 실력은 기대 이하다.
잘 못 하는데도 재미있다. 재 미 있 게 잘 못 한 다 .
테니스 덕분에 잘 못 하는 재미를 알게 되었다. 더 늦지 않게 시작해 다행이라고 생각한다.

어이없는 얘기지만 S 군의 추천 말고도 내가 테니스를 시작한 중요한 이유가 하나 더 있는데, 바로 테니스 스코어에 사용되는 '러브'라는 단어다. 모든 운동 종목을 통틀어 테니스에서만 '러브'라는 단어를 사용한다.
'러브'라니.
'love'라니.
공 하나에 승자와 패자가 갈리는 냉혹한 승부의 세계에서 얼마나 낭만적인 단어인가?
테니스 경기에서는 0점을 '제로'라고 부르지 않고 '러브'라고 부른다. 유래를 찾아보니 몇 가지의 설이 있는데, 그중 가장 유력한 건 숫자 0이 달걀 모양과 비슷한 데서 시작되었다는 이야기이다. 프랑스어로 달걀을 뜻하는 '뢰프(l'oeuf)'가 영국으로 건너가서 발음이 비슷한 '러브(love)'로 정착되었다는 이야기인데 가장 설득력이 있다. 또 하나의 설은 득점을 하지 못한 선수도 테니스에 대한 사랑 때문에 코트에 나선다는 의미에서 '러브'라는 단어가 사용되었다는 설인데, 신빙성은 낮아 보이지만 마음에 든다.
이유야 어쨌든 나는 이 '러브'라는 단어가 주는 낭만이 좋았다. 신사적이고 상대방을 배려하는 느낌을 주는 단어라고 느꼈다. 한 게임에서 한 점도 따내지 못한 경우 그 게임을 '러브 게임'이라고 한다. 내 생각이지만 이 '러브'라는 단어는 한 점도 따내지 못한 선수에 대한 예의나 배려 같은 게 아닐까 생각해봤다. 0점을 0점이라고 언급하지 않음으로써 그 선수의 경기와 자존감도 충분히 존중해주는 게 아닐까?
최소한 아무도 '넌 빵점짜리야'라고 하지 않는 것이다. 테니스의 세계에선.

요즘도 틈틈이 레슨을 받는다. 잘 늘지 않지만 여전히 재미있다. 동호인 모임은 아주 가끔 나가는데, 내 실력이 좋지 않은 편이라 복식 경기 같은 걸 하게 되면 실력이 좋은 다른 사람들에게 피해가 될까 생각해서다.
얼마 전에 나간 모임에서 몇 경기를 하고 같이 땀을 흘린 뒤 다 함께 맥주를 마셨다. 실력으로 치자면 말할 것도 없이 내가 제일 아래. 나머지 사람들은 모두 선수급. 그 자리에서 이 좋은 사람들은 모임에 자주 나오라는 말을 몇 번이나 하고 또 했다.
치다 보면 는다고.
처음부터 잘 치는 사람이 어디 있냐고.
맥주잔을 부딪치며.

아. 역시 테니스는 신사적인 운동이었다.
'러브 테니스.'
음. 다른 운동들도 막상 해보면 다 이렇게 좋은 거 아닐까?
하고 싶은 게 많아지는 밤이었다.

카니발 카니발 카니발

작열하는 햇살 속에 맥주를 마시며 삼바 음악을 듣고 있으니 비로소 실감이라는 게 조금 났다.

그래, 우리는 지금 브라질에 있다.

무려 브라질이라니.

그러니까 우리가 리우에 도착하기까지는 꽤나 많은 일들이 있었지만 어찌 되었건 중요한 건 우리가 무사하게 코파카바나 해변의 제법 괜찮은 숙소에 도착했다는 사실이고, 지금은 이파네마의 해변에서 맥주를 마시며 사람들 속에 섞여 신나게 몸을 흔들고 있다는 사실이다. 여행은 페루와 볼리비아, 칠레와 아르헨티나를 거쳐 거의 두 달이 넘도록 이어졌다. 때때로 다른 사람들과 함께 팀을 이뤄 다니기도 하고 둘이서만 다니기도 했던 이번 남미 여행의 끝을 이곳 브라질 리우에서 둘이 오붓(?)하게 마무리하기로 한 건 그래, 순전히 카니발 때문이었다.

카니발이라니. 진짜 카니발이라니.
나의 사전에는 없던 단어.
하지만 그녀를 만나며 나의 사전에 새롭게 편입된 단어.

그녀는 여행 전부터 이번 남미 여행의 메인 이벤트이자 하이라이트를 브라질의 리우 카니발로 결정했고 카니발 기간에 맞춰 여행 계획과 일정을 짰다. 그 구하기 어렵다는 카니발 기간 코파카바나 해변의 숙소를 검색하고 검색하여 가격이 아직 치솟기 전인 몇 개월 전에 예약했고(호스트 경험이 별로 없는 집주인도 결국 아쉬워했다. 우리에게 너무 싼 가격에 미리 집을 렌트해준 걸) 카니발의 메인 이벤트인 삼바 퍼레이드 티

켓도 몇 개월 전에 인터넷을 통해 예매해둔 터였다. 아. 나는 그녀의 이런 진취적이고 탐험가적인 면모를 진심으로 좋아하고 존경한다. 그녀가 아니었다면 나는 감히 카니발 같은 건 엄두도 못 냈을 테니까.

하지만 역시 문제가 하나 있었는데, 그녀가 카니발을 엄청나게 기대하는 만큼 나는 이 카니발이라는 걸 조금 겁내고 있다는 것이었다. 남미라는 대륙 자체가 원래 위험하고 안전하지 않은 게 사실이기도 하고, 절도나 강도 같은 여행자를 대상으로 한 범죄 일화를 너무 많이 들어서 그런지 남미 여행 내내 긴장하고 조심하는 마음은 어쩔 수 없었다. 그중에서도 브라질은 악명 높은 나라였고, 그중에서도 리우 카니발은 각종 범죄가 빈번히 일어난다는 수많은 경험담과 얘기들을 들어왔다. 브라질은 월드컵에서도 그랬고 올림픽에서도 그랬고 언제나 위험하고 조심해야 하는 나라 1순위였으니까.

"카니발 기간엔 술과 마약이 판을 쳐."

"사람들 눈빛이 풀려 있으니 함부로 눈을 마주치거나 쳐다보지 마."

"강도와 소매치기가 골목마다 있으니 지갑과 여권은 복대에 넣어 숨겨 다니도록 해."

"혹시 강도를 만나거든 달라는 걸 무조건 다 줘. 뺏길 돈을 미리미리 준비해 다녀야 해. 없으면 쏠 수도 있거든. 권총이 있을지도 몰라."
"항상 주위를 경계하고, 웬만하면 모르는 현지 사람들과는 말을 섞지 마."
여행자 커뮤니티와 블로그에 올라온 글들과 사람들의 입으로 전해진 흉흉한 얘기들에 나는 마음이 쓰였고, 그런 이유로 브라질과 리우는 아름답고 기대되는 나라임과 동시에 긴장되고 두려운 도시이기도 했다.

우리가 머무는 숙소의 주인은 프랑스인 청년. 리우가 너무 좋아서 파리와 리우를 오가며 산다는 그 청년은 브라질이 처음이라는 우리에게 카니발을 즐기는 방법 몇 가지를 친절하게 일러주었는데, 그는 말 그대로 '어메이징'한 며칠이 될 거라며 맘껏 즐기라 당부했다.
'흠. 어메이징이란 말이지.'
리우 카니발은 크게 두 가지 종류의 행사가 있는데, 그중 하나는 '블로코스(blocos)' 길거리 퍼레이드라고 했다. 코파카바나와 이파네마 등등 리우 도심 곳곳에서 카니발 기간 내내 아침부터 밤까지 음악과 공연을 함께하는 퍼레이드 차량을 중심으로 코스프레를 한 사람들이 모여 거리를 행진하며 춤을 추고 술을 마시며 즐기는 형식. 이 블로코스의 스케줄과 타임테이블이 잘 나와 있어서 그걸 따라다니며 즐기는 게 첫 번째라고 했다. 짧은 영어로 듬성듬성 이해했지만 대충 그랬다. 프랑스 청년은 "나는 여기 여기 여기에서 언제 언제 놀 계획인데 너희들도 오고 싶으면 그쪽으로 와서 놀아"라고 친절히 얘기해주었다. '응. 그렇구나…. 그래서 안전은?'이라고 묻고 싶었지만 참았다.
그리고 두 번째는 리우 카니발의 메인이라 할 수 있는 삼바 축제. 삼바드로모에서 벌어지는 삼바 퍼레이드다. 브라질의 수많은 삼바 스쿨들이 각 학교의 명예를 걸고 일 년간 준비한 퍼레이드로 경쟁하는 화려하고 환상적인 쇼. 우리가 뉴스나 해외 토픽에서 보는 카니발 자료화면은 대부분 이 삼바 퍼레이드다. 우리는 이 티켓을 예매해둔 상태였으므로 당일에 현장으로 가면 되는 일이었다. "어마어마할 거야. 너희들의 카니발을 즐겨"라고 신나서 얘기하는 그 청년에게 '그래서? 안전해?'라고 묻지 못했다. 차마.

카니발의 시작일.
우리는 우리의 두 눈과 귀를 의심했다.

이래서 리우 카니발.

이래서 어메이징이구나.

이미 아침 10시 무렵부터 코파카바나 해변과 이파네마 해변 거리 그리고 골목골목은 술렁이고 들썩이기 시작했다. 각자 좋아하는 분장을 하고 하나둘 거리로 쏟아져 나온 사람들은, 소방관이거나 선장이거나 경찰이거나 꿀벌이거나 아무튼 각자의 취향대로 꾸민 사람들은 손에 손에 맥주를 들고 춤을 추고 사람들과 인사를 나누고 포옹을 했다. 음악이 크게 흘러나오는 퍼레이드 선두차를 중심으로 사람들은 각자의 방식으로 춤추고 노래하고 마시고 얘기를 나누었다. 골목골목이 다 축제였고 도시 전체가, 사람들 하나하나가 다 축제였다.

"세르베사, 코카, 아구아(맥주, 콜라, 물 사세요)"를 외치는 호객꾼들과 코스프레 용품을 파는 사람들, 이미 취기가 오른 사람들과 춤을 추고 노래 부르고 소리 지르며 즐기는 사람들이 뒤섞여 만들어내는 그 들썩임의 기운은 요란하고 압도적이었다. 하지만 낯선 이방인의 시선을 조금 걷어내고 그냥 한 사람의 눈으로 가만히 들여다보니 그들은 모두 좋은 에너지로 가득 차 있는 느낌이었다. 기다리고 기다리던 카니발에 맞춰 기꺼이 미쳐주겠다는 의지로 충만한 눈빛들. 마치 지난 2002년 월드컵에서 우리가 그랬던 것처럼 모두가 친구이고 모두가 같은 편인 느낌.
지난밤 맥주 한잔을 하며 그녀는 내게 이 순간에 몰입하자고 말했다. 내가 생각하는 안전에 대한 걱정도 잘 알겠고 카니발이 생각보다 위험할 수 있다는 것도 잘 알겠지만, 어쩌면 우리가 사는 곳이 다 어느 정도의 위험성을 내포하고 있는 것 아니겠냐고.
우리는 이곳에 새로운 경험을 하기 위해 왔고 새로운 경험은 늘 조금 두렵기 마련 아니겠냐고.
우리가 견제하고 의심하면 저들도 그러지 않겠냐고.
두려워하고 두리번거리고 긴장하는 모습만 보이면 오히려 눈에 띄고 오히려 이방인으로만 보이지 않겠냐고.

그냥 이 어메이징한 카니발 속으로 들어가자고.
그녀가 옳았다.

그리하여 우리는 코스프레를 마치고 아침 10시부터 춤을 추었다. 맥주를 마시고 사람들과 인사를 나누었다.
"너희들 어디서 왔어?"
"한국."
"진짜? 나 한국 좋아해. 이리 와 같이 사진 찍자."

"오예."

우리는 카니발이 열리는 4일 내내 블로코스와 삼바드로모를 오가며 마시고 춤추고 인사하고 사진을 찍었다. 사람들은 모두 친절하게 미쳐 있었다. 정상이 아닌 분위기처럼 보였을 수도 있지만 어디 정상이라는 게 늘 같은 기준이겠는가. 카니발에서는 좀 취해 있고 좀 미쳐 있고 좀 이상해 보이는 게 오히려 정상이었다.

두려움은 가끔 실체가 없을 때가 있다.

여행이건 일이건 사람이건 사랑이건 혹은 여타의 무엇이건 그 문제의 중심으로 들어가지 못하면 그것이 막연한 두려움의 대상으로 둔갑할 때가 종종 있다. 브라질에서의 얼마 동안 우리는 친절한 사람들과 밝은 에너지로 가득한 친구들을 많이 만났다. 우리가 카니발의 주변을 그저 경계하는 이방인의 눈으로만 서성였다면 아마 그 어메이징한 축제를 맘껏 즐기지 못했으리라. 내가 경계를 허무니 그들도 경계를 허물었다.

아직 가보지 못한 미래에 대한 두려움을 떨치는 가장 확실한 준비는

지금 현재에 완전하게 몰입하는 것.

지금에 집중하고 지금 행복할 것.

아마도 카니발은 그런 게 아닌가 싶다.

요즘도 가끔 리우의 그 어메이징한 며칠이 그리워질 때가 있다. 그 며칠을 위해 일 년을 준비한 사람들은 언제 그랬냐는 듯 카니발이 끝나고 각자의 일상으로 돌아갔겠지. 해변과 거리는 다시 평온해지고 사람들은 제자리를 찾았겠지.

그리고 다시 준비하기 시작했겠지.

곧 돌아올 그다음 카니발을.

리우 사람들은 늘 카니발 중이거나 카니발을 준비 중이다.

그게 카 니 발 이 다.

온전히 지금에 몰입하는 것.

더디 피면

더디 피는 꽃처럼 잠이 더디 오던 날,

마른 눈을 끔뻑이다 가만히 돌이켜 생각해보니

더디지 않았던 일들이 하나도 없었던 것 같아서

한편 아프고 한편 고마웠다.

그래, 더디 피면 더디 지겠지.

일도

사람도

그리고 사랑도

다른 건 몰라도

그건 믿으며 살고 싶다.

그렇게 생각하면

그래도 좀 나아지곤 한다.

더디 피더라도

결국 핀다, 모 두 .

EPILOGUE

오늘의 오늘

사소한 순간들이 모여 무언가 근사한 것이 만들어진다고 믿는다. 늘 그렇게 믿어왔다. 그건 어쩌면 나를 지탱하는 작은 힘이고 내가 바라보는 저만치의 방향이다. 하지만 내가 그렇게 믿는 것과는 별개로 생활은 자주 나를 기운 빠지게 한다. 마치 10년 만기 적금의 첫 달 치를 막 내고 난 후 통장정리기에 찍어본 공란 가득한 통장처럼 막연하고 막막하고 공허한 순간들은 삶의 곳곳에서 끊임없이 나를 기다리니까.
과연 이 하찮은 지금들이 모여 무언가 의미 있는 결과가 되어주긴 할까? 아니, 의미 있는 결과까지는 바라지도 않는다. 다만 말짱 소용없는 버둥거림을 너무 성의껏 하고 있는 것만 아니면 좋겠다고 가끔 생각하곤 했다. 어쩌면 우리는 매년 매달 매일 그리고 매 순간, 그런 기대와 실망 사이 어딘가에서 겨우겨우 중심을 잡고 서 있는 건지도 모르겠다.

이 글을 쓰는 동안도 크게 다르지 않았다.
무언가가 되어주길 기대했고
무언가가 되지 못할까 봐 불안했고
역시나 때때로 실망했다.
그러다가 어렴풋이 느끼게 된 작은 깨우침은
그냥 오늘을 살면 된다는 것이었다.

순간을 채워나가면 된다는 것이었다.
무엇이 되건 되지 못하건 그건 미래의 일.
이미 무엇이 되었건 되지 못했건 그건 어제의 일.

그러니 내가 할 수 있는 일은 그저 정성 들여 즐거이 오늘을 살면 된다는 사실이었다. 그렇게 일 년 치쯤의 오늘이 그저 오늘의 속도와 오늘의 두께로 순서대로 쌓이고 나서 나는 지금 이 에필로그에 해당하는 글을 쓰고 있다. 얼마간의 하루 동안 틈틈이, 나는 어딘가에서 노트북을 켜고 궁리를 하고 엉덩이를 붙이고 앉아 무언가 끼적였다. 내가 한 건 단지 그것뿐이다. 그것들이 모여 글이 되고 이 책이 되어주니 나는 이 글을 쓰면서도 무언가를 배우고 있는 건지도 모르겠다.

좋아하고 소중히 여기는 일상의 구석들을 천천히 들여다보는 일은 누구에게나 의미 있는 일이라고 생각한다. 그렇게 가만히 들여다보니 나는 생각보다 좋아하는 게 많은 사람이었고, 나는 생각보다 하고 싶은 게 많은 사람이었고, 나는 생각보다 나를 알고 싶어 하는 사람이었고, 나는 생각보다 나에 대해 모르기도 하는 사람이었다.

누구나 그렇겠지,

누구에게나 자기 자신은 익숙한 채로 낯선 존재니까.

어제에 너무 의미를 두면 사람은 후회하게 되고, 내일에 너무 의미를 두면 불안해진다는 말을 들은 적이 있다. 정말 그런 건지는 잘 모르겠지만, 오늘에 가장 큰 의미를 두며 살아야 한다는 이야기인 듯하여 어느 정도는 동의한다.

오늘 그리 행복하지 않더라도

어쩌면 우리는 막 행복하기 직전인지 모르고,

오늘 당장 무언가가 되지 못하더라도

우리는 무언가 근사한 것이 되기

바로 직전인지도 모른다.

삶은 그런 것이다.

가늠하고 짐작하려 하지만 여의치 않는 일.

그러니 쉬이 포기하지도

쉬이 자만하지도 말아야 하는 일.

그러니 각각의 사소한 오늘과 오늘의 성분들을 가볍게 안으며 살아가는 게 우리가 할 수 있는 유일한 일이다. 그리고 그것이 우리가 조금씩이라도 행복 근처로 이동하는 방식이라고 믿는다.

오늘 치의 시간과 오늘 치의 사람들.
오늘 치의 경험들과 오늘 치의 얘기들.
작지만 소중한 오늘의 성분들을 손에 쥐고
사랑하는 것들을 가볍게 안으며 살아가는 일.

오늘은 어제의 내일도 아니고
내일의 어제도 아니다.
오늘은 순수하게 오늘의 오늘일 뿐이다.
모두에게 처음이고, 모두에게 두근거리고,
그래서 모두에게 설레고, 모두에게 낯선…
스물네 개의 한 시간들.

오늘의 오늘 위에 공평하게 서 있을 뿐이다. 나도 당신도.
아직 많은 것들이 가능한 오늘의 오늘 위에.

가볍게 안는다

초판 1쇄 인쇄 | 2018년 12월 4일
초판 1쇄 발행 | 2018년 12월 17일

지은이 | 심현보
발행인 | 이원주

임프린트 대표 | 김경섭
책임편집 | 권지숙
기획편집 | 정은미 · 송현경 · 정인경
디자인 | 정정은 · 김덕오
마케팅 | 윤주환 · 어윤지 · 이강희
제작 | 정웅래 · 김영훈

발행처 | 미호
출판등록 | 2011년 1월 27일(제321-2011-000023호)

주소 | 서울특별시 서초구 사임당로 82
전화 | 편집 (02) 3487-1650·영업 (02) 3471-8044

ISBN 978-89-527-9506-9 (03810)